我不愿将就这个功利的世界

谢谢你——从未放弃无所畏惧的自己

南陈

—著—

文匯出版社

图书在版编目 (CIP) 数据

我不愿将就这个功利的世界 / 南陈著 . 一 上海：
文汇出版社 , 2016.9
　ISBN 978-7-5496-1857-6

　Ⅰ . ①我… Ⅱ . ①南… Ⅲ . ①随笔 - 作品集 - 中国 -
当代　Ⅳ . ① I267.1

　　中国版本图书馆 CIP 数据核字 (2016) 第 212425 号

我不愿将就这个功利的世界

著　　者 / 南　陈
责任编辑 / 戴　铮
装帧设计 / 天之赋设计室

出版发行 / 文匯出版社
　　　　　上海市威海路 755 号
　　　　　（邮政编码：200041）
经　　销 / 全国新华书店
印　　制 / 河北浩润印刷有限公司
版　　次 / 2016 年 10 月第 1 版
印　　次 / 2022 年 7 月第 3 次印刷
开　　本 / 710×1000　1/16
字　　数 / 162 千字
印　　张 / 15

书　　号 / ISBN 978-7-5496-1857-6
定　　价 / 45.00 元

三十岁，敢问路在何方？

在北京这座偌大的城市里，我很幸运地认识了很多人，形形色色的，每个人身上都有数不完的故事和难以释放的情怀。感谢这么长时间以来他们的陪伴，让我在每一个孤枕难眠的晚上，就着故事和酒，一醉方休。

以前即便知道自己想要什么，也总是因为懦弱而摇摆不定，我高喊的那些口号像一个又一个的巴掌，撕心裂肺地打在我的脸上，然后形成一股排山倒海的掌声，环绕在我的周围，嘲笑我的胆小、委屈、不作为。

我往往红着脸，继续装疯卖傻，有规律地伸出我的左脸或右脸。现在好了，是的，现在好了，我把自己活过来了，那段装疯卖傻的岁月就这样躺在那，一动不动，我知道它害怕我的嘲讽，它害怕我挂在嘴边似是而非的浅笑。

几天前和一个姑娘聊天，说起现在的困惑，她以过来人的身份跟我说了她的经历。2006年，她来到北京，独自一个人徘徊在街头，望着高楼大厦，手足无措。刚开始的那两年，她始终都在问自己，是不是就这样回去？是不是回到老家，找份凑合的工作，找个凑合的男人，凑合过自己的一生？

然而当她全身只有几块钱，交不起房租，甚至有两个晚上睡在天桥底下的时候，她依旧没有回头。其实回过头，转身离去，并不能怎样——但至少她会少了这段故事，少了在回忆时会心的微笑。

来到北京大半年，说是改变了个人也不太现实，但至少我摆脱了以前的那种生活。这是我一直以来认为的幸运，然而所有人都并不相同，自己走出来的路才能知道到底适不适合自己。

这几天有点恐慌，这是这么多年来从来没有过的状况。也许真是年龄大了，偶尔熬个夜，第二天便总是提不起精神来。好几年前就忌惮着三十岁的到来，我甚至都没有勇气看一眼。以前总认为自己很年轻，还能任性地犯错误，现在却谨慎地不能再谨慎了。

三十岁，敢问路在何方？就像那句话说的，路在脚下。走得安稳，才能走得轻盈。

而现在，三十岁的我该做些什么？除了感谢这些年来一直纵容我任性、幼稚、天真的家人和朋友外，我想美美睡上一觉，在明天明媚的阳光下，我会选择另一种新生。

目 录
Contents

第二章

你原本可以飞得更高，别让懒惰害了你

第三章

想要过好的生活，就要付出与之匹配的努力

第四章

不能因为一两次的不如意，就彻底放弃了改变的勇气

第五章

在暴风雨来临的时候，能够支撑你的就只有你自己

第六章

你敢付出勇气，才能改变生活的格局

第一章

你不将就一切，生活自然厚爱于你

· 重复生活是为了颠覆生活

· 给生活做做减法

· 你不将就一切，生活自然厚爱于你

· 宅的背后，还是要面对回归社会的现实

· 走出你的舒适区，才能遇见更宽广的天地

· 焦虑并不代表你在努力

· 别对人生太苛刻，给自己犯错的机会

· 从抱怨到努力：同样的人，不同的是心态

1. 重复生活是为了颠覆生活

要在重复烦琐的日子里树立起对未来的憧憬与信心。

时间对每个人来说，都很公正、公平。你的一天有 24 个小时，别人也一样。

更为残忍的是，大多数普通人的资质也是一样的，开始意识到时间的紧张，几乎都是毕业走出校门的两到五年，脱离了象牙塔的坚固保护，像一个辞别师父独自闯荡江湖的新手侠客，做任何事都只能依靠自己。

结婚生子，买房买车，更是生命所赋予的课题，迫在眉睫，亟待解决。

明白过来才发现其实有很多东西需要学习，于是感到了惶恐，内心的潜台词一定是：怎么办怎么办，赶不上别人了啊！

这种感觉，尤其在大城市最为明显。

拿早上起床上班这件事来说，昨晚你特地将闹钟调快了十分钟，早上自信这次一定早了很多，车站不会有那么多人。可是到现场一看，马上傻了眼，人头攒动，乌泱泱的，路两旁到处停着汽车、三轮车、摩托车，前方的道路已经被堵住了，你无路可进。

此时此刻，你开始自怨自艾：唉，要是再早出来半个钟头就好了，怎么每个人都这么能早起，他们难道就不困吗？

每天，你的心里都有个梦，渴望自己有天能实现理想，飞黄腾达，过上高质量的生活，一年中最美的时节，能够痛痛快快地来场舒适的旅行——

春天草长莺飞，生机盎然；夏日避暑消夏，清凉惬意；秋季落英缤纷，色彩斑斓；隆冬围炉而坐，看窗外白雪皑皑。

但是现在，迫于生计的压力，却只能日复一日地跟一群陌生人挤公车、挤地铁，摩肩接踵、相互推搡地共度站程的一两个小时。

偶尔，心情低落的时候，也会问自己：为什么非要坚持在大城市里谋生活呢？又累又得不到多少回报……

可是转念一想，没有随随便便的轻松，重复这样的生活，只是为了有朝一日能亲手改写自己的人生，彻底颠覆生活。毕竟，台阶总要一层层上，饭总要一口口吃。

说到底，生活在大城市里的每一个人，似乎都很重视和需要所谓的安全感，不然你不会看同龄人的奋斗故事，不会读当下风行的励志"鸡汤文"。

你看这些，无非是想知道有人正在跟你吃着同样的苦，受着同样的罪，可是别人仍在坚持，然而别人获得了成功，走向了光明。

这对你来说无疑是一种激励，在遇到困境时给你支撑的力量。

说到底，你是为了求得一份宽慰，就好像总有个人，在陪你闯生活的一道道难关，在你哭泣的时候为你擦掉眼泪。

可见，每个人的内心其实都有脆弱的一面，无论年纪多大，还是会渴望能像个小孩子一样，被别人抚摸，被别人温暖。

可事实真相是，那些"鸡汤"道理说得再通透、明显，你不采取行动，那也永远只是一种无力的理论，帮不了你多大忙——你要记住，别人永远励不了你的志，只有自己才能励自己的志。

我知道你会焦虑。

我知道你渴望花很少的时间，来实现自己的梦想。

虽然这世界上有越来越多的人成功了，但更多的人还在苦苦挣扎，所以你千万不要放弃。

一些励志的句子说得很有道理，所以迷惑了你的心智。想要早点获得成功，首先你要摆正心态，其次你要行动起来——不要总想着跟别人对比。

前阵子，我在某论坛上看到这样一组帖子，里面有很多人在讨论薪水问题：2010 年毕业的，大家都来说说现在的生活和薪水待遇。

下面很多人开始评论，有的说毕业五年，在一线城市就业，上个月月薪刚过万，但没房没车；有的说在事业单位，工作稳定，工资 3000 多一点，刚够温饱；还有人说，担任家族企业总经理职务，年薪过 40 万……

你点着鼠标翻查帖子，把别人的成绩跟自己暗暗做个对比，有比你差的就眉开眼笑，有比你强的则愁眉不展，有超过你一大截的只能倒吸一口凉气，然后是满满的心塞。

诚然，这种强烈的对比反差很容易让人焦虑。

焦虑会使人乱了阵脚，如果你慌神了，请先保持原地不动，闭上眼睛，然后深深地吸上一口气，30 秒后，再把眼睛睁开——怎么样，是不是心里平静多了？

或者你可以这样想，就算是急火攻心，你的月薪也不会立马多出一分钱，这样想自然就平静了。

通常，理智的人不会给自己找这种麻烦，他知道自己看到的只是别人描述的一个结果，别人把中间尝过的酸甜苦辣没有明说而已。

所以，请记住，一切速成都是耍流氓。

就算一个天资聪颖的人，也不可能在极短的时间就功成名就。我们通常只看到别人取得的辉煌成就，却忽略了别人背后所吃的苦头，所下的功夫。

也许，你已无法容忍每天起早贪黑还要加班加点的忙碌，也许，你也动过心思想放弃现在的生活选择去生活压力更小的城镇，可是这种想法偶尔想想就算了，最好不要付诸行动——如果逃避可以解决问题的话，那小城镇的人就没有烦恼了吗？

事实上并不如此。

当我们意识到自己的能力不足，需要进一步提高时，常会看到街头各式各样的速成班广告：

"速成"英语班，名校老师任教，包你三个月上托福——你敢信吗？

"速成"计算机班，包你两个月过二级，毕业推荐好工作——你敢去吗？

这是一个真实的案例，我的一个男生朋友很想学计算机，就报了全国最为著名的一个品牌机构，学费交了好几千，两个月就结业了。

我问他："你都学了些什么？"

他第一句话就是："教的那些东西，我照着电脑自学就能会。"

而更可恶的是，毕业以后校方也并未真的帮他推荐过工作，最终还是靠自己才得到了一份工作……

如果任何技能都可以速成，那当年达·芬奇初学画画时就不必每天只盯着一个鸡蛋了，而很多音乐家也没必要只练习一首曲子了。

两点之间最短的距离是直线。

想要实现自己的目标，就只能踏踏实实朝着既定的方向努力，而不该动歪脑筋另辟蹊径，要知道那也许就是死路一条。

老话说："台上一分钟，台下十年功。"所以你看似精湛的表演技艺，其实都来自台下日复一日的扎实练习。

任何一件事只要干满一万小时，就可以熟练。

我真的相信"一万小时"这个理论——一万小时的努力加

上一万小时的用心，一万小时的认真加上一万小时的反复练习。

可见重复这件事有多美。

所以，停止无谓的抱怨吧，励志"鸡汤"可以看，但是打了"鸡血"以后，别只让同龄人受的苦安慰了你，要像别人那样开启奋斗的征程。

从现在开始，认真地对待日复一日重复的生活，要在重复烦琐的日子里树立起对未来的憧憬与信心。因为你知道，现在之所以过这样的生活，只为了有朝一日能彻底颠覆生活，最终赢得你所向往的一切。

时代越浮躁，越要保持头脑清醒。你，就是最特别的那一个。

2.给生活做做减法

一辈子只做一件事，就把这一件事做到极致。

以前看过这样一个故事：一只小老鼠外出觅食时发现了一个油瓶，它当时很饿，于是就钻到油瓶里偷油吃。

香油真的太香了，小老鼠吃得很开心，两分钟后它的小肚子就鼓了起来。

明明已经吃得很饱，可老鼠还是贪恋香油的味道，于是它决定再多吃几口。慢慢地，它的肚子越来越大，等它想爬出瓶子的时候却已经出不去了。

还有另外一个故事，是现实版的"小老鼠"。

同学 A 同时喜欢上了两个女孩，明知道最后只能选择一个，可他偏偏两个都不想放弃。于是，在两个女生之间苦苦纠缠了两个月之后，被其中一个女孩发现了真相，甩了他一个巴掌而去。

另一个女孩也觉得是奇耻大辱，主动跟 A 君断了联系并发誓今生再不来往。所以，到最后 A 君是竹篮打水一场空。

为什么最后会出现这样的结果呢？答案是脚踏两只船，欲求太多。

一个人想要的东西太多，往前走的时候就会感觉很累，最后体力不支，还没到终点人就已疲软。

那种想要实现太多愿望的人，很有可能会把生活搞成一团糟，而最终什么都得不到。因为人的精力、时间总那么有限，你不可能去完成所有愿望。

那么，问题来了，身在繁杂的世界，怎么做才能不那么累？答案是：减少你的欲望，只对一件事坚持到底。

首先，你一定要搞清楚自己想要什么，等目标明确以后，才好轻装上路。

昨天，刚刚看完一部很感人的日本电影《哪啊哪啊神去村》，故事情节如下：

男主人公平野勇气因为高考失败，又不想复读而对未来充满迷茫时，他偶然得到一份募集林业培训生的宣传材料——封面上的女孩背靠一棵参天古树，笑容甜美，这一下子吸引了平野勇气的目光。

于是他决定告别大都市，兴致勃勃地前去参加为期一年的林业培训课程。

平野勇气要去的地方叫作神去村，是一个偏僻的小山村。那里交通不便，需要换乘好多次列车，最后还要乘坐地方支线。手机在那里也是没有信号，村子里的人平时联系基本靠吼。

大山深处，有平野勇气从未见过的美丽风景，也有毒蛇与野鹿。这里最常见的就是泥泞的小路和路两旁的各种古树。

平野勇气刚来的第一天就被蚊虫叮咬了，下水的时候又被水蛭吸了屁股，他开始想念都市里一切便利的生活。可是因为种种原因，他几次逃跑都没能成功，最终还是留了下来。

就在此时，不可思议的事情竟然出现了：随着跟山里人的交流，大家白天一起砍树、种树，晚上一起喝酒聊天，平野勇气竟然渐渐爱上了这里的生活，爱上了这样一群质朴的人。

而后来，他也心满意足地见到了自己喜欢的那个封面女孩，两个人从陌生到熟悉，爱意悄悄萌生，传递。

喜欢上这里以后，平野勇气渐渐忘记了时间。

还有半个月就要结束课程时，平野勇气参加了被村里人极度重视的神社活动，并且在社长的授意下，亲手砍掉了一棵千年大树。

当树木轰然倒地时，平野勇气再一次闭上眼睛，深深吸了一口那扑面而来的杉树的香气，他发觉自己再也无法离开这里了。

课程结业后，平野勇气回到了大都市。

可谁也没有想到，他仅仅在都市里待了几分钟，周围人们来回忙碌的身影，偶尔踩到了彼此匆忙说抱歉就各走各路的情形，以及周围车马的喧嚣……都使他感到难以适应。

那一刻，他无比怀念大山里的清净，还有小山村人与人之间的温馨。于是，平野勇气回到了自己的家，放下从山里带回的一坛养生酒，连父母的面都没有见，就急匆匆坐上了回程的列车。

那一刻，他的脸上露出真诚的笑容。

影片随之结束，我想这个曾无所事事的人已经找到了他想要的人生。

还有同样的一种感动，发生在一档我常看的音乐节目里。

那天，某音乐节目的舞台上来了一位年逾花甲的老奶奶，她打扮很潮，表演的歌曲是很拉风的摇滚。

哇哦，一位老奶奶穿着皮衣皮裤唱摇滚，这场景光是想想就令人激动！

等到表演完毕，老奶奶开始自我介绍，她的话尤其使我触动：她说她今年已经 71 岁了，音乐是她这辈子唯一热爱的，到死都不想放弃。

在当初得知她想要参赛的时候，周围很多亲戚朋友都不同意她去，她们说了很多万一：万一在舞台上摔倒了，万一在路上出事，万一没入选她会感到很伤心……

她们说这是年轻人的舞台，老奶奶就该有个老奶奶的样子，安安静静在家里喝茶读报纸，千万不要给自己的儿孙找麻烦。

可是老奶奶只说了一句话：正是因为老了，就算以后更老了只能坐轮椅，她也要唱歌，一直不放弃。她还很认真地告诉家里人，如果中间她有任何的差池，儿孙们也不用自责，这完全是自己的决定，她就是想过自己喜欢的生活。

当时，台下的几个评委都默默湿了眼眶。我相信他们的感动根本不在于老人唱得多有激情，而在于这份笃定、坚持的精神。

很多时候，你爱什么，你就透出什么样的光彩；你坚持什么，你就会成为什么样的人。而你付出的，终将会换一种方式再回来，成为你本身。

还记得当年电视剧《奋斗》热播的时候，那个感动千万人的富家女米莱吗？她对陆涛表白的时候曾说过这样一句话，大意是这样：我这辈子做什么事都不坚持，小时候学跳舞，跳着跳着就放弃了；长大了去念书，读着读着书就扔了；这辈子我就只坚持了一件事，那就是爱你。

看吧，即使是这样"一事无成"什么都做不下去的傻姑娘，也能因为坚持爱一个人而让人感动。

一辈子只做一件事，就把这一件事做到极致。

我知道谁都很想同时完成很多事，让别人觉得自己有多了不起，让自己显得与众不同，可人生是短暂的，爱更需要认真。

既然我们都不是天才，那就让我们极简生活，一辈子只做好一件事，只爱一个人。

3. 你不将就一切，生活自然厚爱于你

对一切有所要求，让自己活出独一无二的精致。

很多人不知道，对工作保持热情，其实是为了让生活更加舒适；更多人不知道，对工作保持认真，是为了让生活更加开心。

每个人在试用期时，对待工作都很认真，老板要求加班也都会一律应允，还会很快乐地投入工作——因为他们知道，这将关系到自己能否顺利通过试用期。

可是一旦转正，大多数人会像个泄了气的皮球，天地悠悠过客匆匆全部任我行，对待工作不再付出百倍甚至是十倍的用心，跟部门同事沟通也是马马虎虎，敷衍了事。特别是在一个管理环境相对轻松的公司或团队，这种现象往往更为明显。

还有一个普遍有趣的现象：当我们最初跟陌生人开始相处时，因为不知道对方的脾气、个性，可能会稍微提防或感到紧张。而等我们了解和掌握了对方的一些信息，则会对其放松警惕。

这就是为什么最初你感觉威严的上司，时常对你面带微笑

以后，时间久了你就不再毕恭毕敬害怕他了。

同事叶子今年刚刚大学毕业。

叶子经过三个月的努力工作，很顺利地拿到了正式聘用书。因为我们在同一部门工作，会有很多关于文件或其他工作的交流，渐渐地，我发现叶子对待工作总是很将就。

你跟她指出错误或点明原因，她不但不会细心改正，还会说你是小题大做。就拿写一篇两千字的宣传文案来说，明明可以在网上找到资料，然后改好，可她偏偏全部都是直接复制、粘贴，连格式也都乱七八糟。

这样的文案，别说领导看起来会觉得不满意，就连我这个同事都看不下去。久而久之，所有的文案都要经过我再整理，可时间一长，我也开始吃不消了，毕竟我有自己的任务要完成。

终于有一天，领导临时抽查，分配了很多任务给我们部门，并且要求第二天一大早就交上去。

工作开始前，我跟叶子说："这次的文案你要写仔细一点，不然会连累整个部门受罚。"

可叶子只是不以为然地摇摇头，丝毫不把我的话放在心上。

果然，第二天一大早，领导就在办公室里发火了。因为昨天晚上叶子再次失误，将文章整理得乱七八糟，导致整个部门都被留下来加班，特别是部门主管更被扣了奖金。

这还不算完，最惨的恐怕是叶子本人了。她不但被主管要求每天都必须留下来加班，好好精进工作，更被直接降薪。至于生活——每天要你连续上班 12 个小时，哪里还谈得上生活？

后来，叶子不堪重负，辞职离开了。走之前，她说想要单独请我吃顿饭。

那天，阳光很好，风静悄悄地。

叶子穿着一件粉白色的连衣裙，整个人看起来清爽了许多。此前连续几个月的加班导致她精神状态很差，气色也不好。

席间，她对我说：“其实我不想辞职的。这份工作不错，工作又不是太忙，还能多出点时间看书写字，和同事们也都混熟了。可是现在，却让生活变得那么累。”

我安慰她说没关系，到别的公司要认真工作，慢慢生活就会重新美好起来。

很多人认为生活比较重要，工作是为了生活，所以会在工作时不时偷点懒、放点水，好让自己不那么累，觉得不用付出那么多的心力，每个月也可以顺利拿到薪水，还能轻轻松松生活。

然而他们恰恰忘记了，工作也是生活的一部分，而且是很重要的一部分。工作没做好，生活的质量也就无法保证，毕竟我们多数人不是富二代，没有当土豪的爹可以仰仗。

与这件事性质相同的还有一件事，也很触动我。

Lisa 最近打算重新找份工作，于是开始对着镜子描描画画。其实她已经很美了，穿着也得体。

几位朋友为 Lisa 的面试着装提供建议，都觉得她已经相当完美了，没必要再修饰什么了。可是 Lisa 对着镜子皱着眉头，默默地甩出一句：“总觉得哪里不对劲。”

Lisa 是朋友圈有名的"爱讲究"，从衣服的材质、价格到与整体气质是否搭配都很讲究，甚至还曾专门为搭配一身新衣服临时逛商场选购合适的配饰。

"只不过是面试而已，你何必弄得大张旗鼓？"很多姐妹都这样说。可是 Lisa 偏偏不听，即将参加面试的前一天，还专门去全城最时尚的服装店选衣服。

可是，Lisa 要面试的并不是什么国内首屈一指的著名企业，只是一家还说得过去的传媒公司。

除了外表打扮上的不将就，Lisa 对内涵也很在意。早在接到这份面试通知时，她就开始疯狂地整理和研究关于这家公司的点点滴滴，而且她还为将要从事的职业仔仔细细地写了一个营销方案，准备见面试官的那天亲手交到对方手中。

果然，硬是靠着这份不将就，Lisa 当天就面试成功了。

回到家，Lisa 还很惊喜地告诉我们："你们知道吗？最后一个环节是老总亲自面试，她一进门我就注意到了那双气质不凡的鞋子，和我脚上穿的是一个系列，不过她的要贵许多。

"后来，老总也注意到了这点，她高兴地表示很愿意看到公司员工能与她保持同样的眼光。我出门的时候，她还特意送了我这家商场的打折卡呢！"

说着，她从包里拿出一张精致的小卡片。

不将就，让 Lisa 得到了梦寐以求的工作，也让她很快就开始了全新的生活。

从那以后，我开始明白了一个道理：做就做到最好！

你不将就生活，生活才会给你精致，这大概也算是一种生活态度吧。就像 Lisa 喜欢穿潮流名牌并不是因为那些是大牌，而是她真正享受那些物质所带来的高贵与舒适。

如果你仔细观察就会发现，那些口口声声节衣缩食为了省钱的人，其实到最后也没省下多少钱来，更没有花钱把自己的生活打理好。起码，一个女孩子有一套自己精致的打扮方案，并不是件坏事。

而如 Lisa 这样，对生活有着高要求、高水准的人，才是真正地懂得享受生活，因为她会为了得到那些而不停地鞭策自己去努力。

当你脚下穿着一双价格昂贵还非常舒适、能够彰显你气质的鞋子走遍各个地方时，才能体会到这种精神多么可贵。

将就，就意味着放弃理想，意味着随随便便。对工作的将就，会使你最终丢掉工作；对生活的将就，会使你最终脱离生活；对爱情的将就，会使你这一辈子都得不到真正的爱情。

所以，人没必要活在将就里，而应该对一切有所要求，让自己活出独一无二的精致。

4. 宅的背后，还是要面对回归社会的现实

> 出去生活，才能战胜生活；选择面对，才能真的解
> 决问题。

宅，很多时候是一种逃避。

如果可以，我想每个人都不喜欢出来工作，最好每天舒舒服服地躺在床上就把钱挣了，就把生活过好了。

可现实并不是这样，喜欢宅，不喜欢跟社会打交道的人，不喜欢早起上班忙碌的人，最终还是会不可避免地回归社会，去跟别人竞争。

因为这个世界什么都是那么有限，连上个公共厕所你不排队等候也占不到位置；又因为这个世界什么都会过期，不会有永远保鲜的罐头，也没有永远都是 18 岁的青春。

我也知道，人生不可能永远一帆风顺，你总会遇到这样那样的难题，遭遇这样那样的打击。

比如最近我一个很好的朋友，在北京工作得好好的，年后突然接到家里的消息，要他马上辞掉工作回老家。

　　具体什么事情他不肯跟我讲，只是那之后他再也没有找我说他的写作大计划，甚至之前大家一起做的书稿也被迫终止。

　　这几天，我一直通过微信跟他联系，顺便看他心情有没有好一点，还主动给他介绍几个千字宣传文案写，好歹手头能有个零花钱。

　　对此，他却总是拒绝，理由是：现在心情真的不好，只想一个人静一静。

　　我可以理解这种心情，我也很清楚，这之后他还是要平静地接受一切，重新开始正规的生活。

　　回想自己刚毕业的那段时间，因为薪水太低，上班的地方又很远，坚持了半年，终于因为一次生病而痛哭流涕，自认为生活太艰苦，不想再努力。一个冲动之下就辞掉了工作，每天躲在出租屋里上网，看电影，胡乱打发时日。

　　我不知道别人是不是也这样，当你独处时是最轻松自在的，不用面对别人异样的眼光，不用在意别人的看法，好像整个天下都是你的了，你想干什么就干什么——就算胡乱骂脏话，把自己穿成火星人的样子也没关系。

　　可是这样的生活能持续多久呢？你逍遥自在完了，最终还是要把自己收拾干净，打扮成别人能接受的样子，重新去找一份工作。

　　其实，现在的我还是个标准的宅女，除了工作日必须出门上班，周末两天几乎都爱宅在家里。

　　有时我躺在床上一整天，就只是刷刷微博，看看电视剧；

有时很早起来打扫下卫生，把所有的衣服都换洗干净；更多的时候我喜欢什么都不干，只是静静地望着头顶的天花板，一个人想些陈年旧事。

这样的状态持续了很久，直到有天我看到朋友圈在发各自的春游照片。

我发现很多我似曾相识的地方陌生了许多，也发现这座城市好像已经悄然改变了模样——是的，我太久没有走出去领略它的风景、风情，已经渐渐离它很远了。

记得以前看过一段评论，作者分析并不是所有在大城市生活的人，都能很好地享受其中。一部分热爱运动的人，可能会在周末去很多个地方，遇见很多有趣的事情；而另一部分什么都不想做只热爱宅的人，则可能只对住宅的附近熟悉。

看吧，因为太宅，已经错失了太多风景。

更重要的是，这座城市提供了很多大大小小的阅读会、诗词赏析会、互联网发布会，提供了太多与同龄人相互交流切磋的机会，就因为我们太宅，而未能参与，未能受益。

再看看别人呢，不但锻炼了自己的身体，享受了最美的人间四季，更增长了不少知识——这可是相当大的一笔财富呢！

看过日本电影《不求上进的玉子》之后，我开始对"宅"这个字充满了更多的否定：诚然，每个人都需要一定的个人空间，可你不能把生活的所有都压缩在这里，变成一个大门不出二门不迈的宅人。

玉子的父亲经营一家体育用品专卖店，他早年和妻子离婚，长女出嫁后他便开始了一个人的生活。

玉子在结束东京大学的课程后返回到故乡，因为无事可做，人生也没有任何目标，就每天懒散地宅在家里。

父亲原本以为女儿过段时间会去找份工作，可是一年又一年过去了，玉子始终只宅在家里，对任何事都提不起兴趣，也从未说过要出去工作的打算。

父亲对此很是恼火，先后多次数落玉子的不是，希望她能尽快找到一份合适的工作。可玉子不以为然。

就在父亲快要对女儿失去耐心的时候，生活中发生了一些别的事情，使玉子开始转变心态。

樱花重新开满枝头的一天早上，玉子竟意外地收拾整齐，向父亲宣布自己要出门上班的决定。

我曾听很多即将大学毕业的学子诉苦说："姐姐，我不想毕业，毕业要跟同学们分开，要一个人租房子，要一个人打拼，我害怕那种孤独痛苦的生活。"

可是害怕有什么用呢，该来的还是要来。

上学求学时，你不需要出去工作，一切生活开支是由家庭供给的，所以你会觉得当学生是一件很轻松的事情，不需要背负任何压力。

可你又是否知道——你之所以能轻松，只是父母替你背起了生活的重担。

而父母也会慢慢变老，你毕业的时候就意味着要长大成人，独立去面对社会，毕竟没有人能免费照顾、负担你一辈子。中国的古话讲"养儿能防老"，你甚至要学着负担起父母的生活才是。

不管你曾经多么宅，面对生活曾流露出多么不想面对的表情，看到这篇文章时，也都应该为自己、为家人改变一下。

玉子的醒悟代表了宅女的醒悟，她是通过一系列现实明白，终究不能宅到死的。出去生活，才能战胜生活；选择面对，才能真正解决问题。

宅的背后，还是要面对回归社会的现实，只是时间早晚的问题。为了你能更早一步享受生活，获得上天更美更好的馈赠，早点踏上出门工作的征途吧！

5. 走出你的舒适区，才能遇见更宽广的天地

所有的生活方式到最终还是取决于自己是否感到舒服。

总是觉得，人不能在屋子里待太久，尽管屋子里面有舒适的沙发，可以让你一觉睡到天亮的大床，好看的电视节目——可是人在屋里宅久了，精神只会越来越萎靡。

现实中，很多人喜欢在屋里待着，因为屋子以外，不是他们的舒适区。

那扇小小的房门，就好像一道密不透风的高墙，给人以安全感，给人以自由。在屋子里面，可以卸下防备，随心所欲，他知道那是属于自己一个人的空间。

不知你是否察觉，成年以后，你的大部分行为已经有章可循：你会去常常光顾的便利店买东西；你会订同一家餐厅的饭；你会挑款式、面料都差不多的衣服；你甚至会爱上与前男友很相似的男人。

所以，才有那个很经典的人生哲理：一个人的一辈子有三万

多天，你是别出心裁地活了三万多天，还是没什么特色地把三万多天活成同一天。

很多人不敢甚至不屑走出所谓的舒适区，或者认为外面充满了危险，或者是对外面根本没什么兴趣。但人生在世，你不去走走其他路，又怎能看到不一样的风景，感受不一样的生活呢？

某个大 V 公众号做了一期活动调研，征求读者感兴趣的学科领域，并标明自己的学习领域。

第二天，活动征集结果出来了：竟有高达百分之七十的人选择了自己所在的专业领域，理由是想要更加精进。还有百分之十的人则表示无所谓，哪种都可以。显而易见，只有百分之二十的人愿意走出自己的舒适区，去选择学习、挑战一些新鲜事物。

这个活动给我的启发很深刻。

想一想，小时候我们是不是不管对什么都会充满好奇心，周围的花花草草，邻居姐姐的新裙子……是那份好奇的能力，让我们变得可爱、有活力，可为什么随着年纪越来越大，却渐渐对一切事物都不再热情了呢？

真正懂得生活的人，除了精进自己的兴趣、专业，更会腾出一部分时间去了解生活其他的方方面面。

的确，生活很难，想要靠自己赤手空拳在外面的世界挣出一砖一瓦确实很不容易。可是，如果每个人都这样替自己委屈，那为什么还有人不但拥有了眼前的生活，还拥有了诗和远方呢？

我总觉得，对待生活最好的态度就如同罗曼·罗兰说的："世界上只有一种真正的英雄主义，那就是看清生活的真相后依然热爱生活。"也正如许巍的歌中唱的那样："你赤手空拳来到人世间，为找到那片海不顾一切。"

人活着就应该奋斗，没有道理、没有理由沉沦和放弃，那种每天什么都不用干就能得到一切的生活有什么意思呢？恐怕到老的时候，也只是守着一堆空虚无味的回忆。

况且，我们一个个正当年啊！

记得，以前一位长辈曾对我说："不要去那些有路的地方，要去还没有路的地方，留下你的足迹。"年幼的我对这些话并不是很懂，直到长大以后才渐渐领悟了它的含义。

最近，在微信群里偶遇两年前认识的来北京打工的小霞，问她现在忙什么，她说目前在一家日资企业做翻译，表现好的话兴许可以留下来。

我衷心地祝福她，内心充满了羡慕。

记得第一次认识小霞的时候，她刚来北京一个月。人生地不熟，她脸上却没有一丝惶恐，反而是很笃定的眼神。

她也不着急找工作，反而喜欢一个人去各个艺术馆看展览，还私下学了日语。

我很好奇地问她："你一点都不着急生计的问题吗？"

小霞很淡然地笑笑："这个城市太大太美了，我要先用一段时间跟它好好介绍我自己。"

那时候知道她在大学学的并不是语言专业，而是文秘。她是到北京以后，开始尝试接触日语，慢慢系统地学习。

小霞对每个地方、每个人似乎都有非常高的热情，如果遇到

025

聊得来的人，就会毫不犹豫地对对方说一句："Let's go！"
整个人鲜活而充满生命力，从没有因为过分担忧生计问题而迫
使自己随便找份工作，只是认真而执意地要在这座城市烙上自
己的印记，这就足够了。

我不知道完美的生活应该是怎样的，但至少它可以大部分
凸显你的主张，你的心意。就像选择布置自己的房间，墙壁选
用什么颜色，沙发选用哪个系列，是买张圆形的桌子还是方形
的桌子……

其实，所有的生活方式到最终还是取决于自己是否感到舒
服，因为你只有取悦了自己，才能取悦生活。

道理是很简单，可现实做起来却有太多阻拦，所有人似乎
都生活在一个既定的圆圈内。

时间是最大的敌人，就算你自己乐得清闲，也总有身边人
替你打算。所以有人选择安稳度日，有人选择披荆斩棘——但
不管怎样，如果你感觉到自己的生活已经多少失了新鲜感，别
忘记世界上还有一条路叫"鲜有人走的路"，偶尔换条路，换
换风景，也很不错。

在屋里待了太久，出来晒晒太阳吧。

6. 焦虑并不代表你在努力

焦虑只是一种落后意识的觉醒，而并不代表你很努力。

不知从何时开始，我们的世界开始变得焦虑一片，周遭的人总是蠢蠢欲动。

或许是互联网科技越来越发达，人们想要获知各种消息越来越容易。于是想起了那个"坐井观天"的故事，充分发挥想象——假设这只青蛙跳到了井外，它看到了外面的世界，心态又会发生怎样的改变？

或许它第一眼就看到河边的一只青蛙住在更漂亮豪华的房子中，还有三个很可爱的孩子。

或者它看到别的青蛙都是成群结队地蹲在一起，有家人，有朋友，说说笑笑好不热闹，只有它一个人显得格外凄凉。

又或者有青蛙穿着帅气的衣服，风光体面地从蛙群中走过，立马吸引了万千目光的注视——相比之下，它的寒酸，它的土气，它的少见多怪，没有一条不把它的档次拉低。

然后，它回到了井里，开始抑郁，开始焦虑，每天饭也不吃，只想着一个问题：怎么办，到底该怎样才能让自己也拥有那样的生活？

它很想努力，可却一直在焦虑；它很想前进，可焦虑只会让它更加举步维艰。

渐渐地，它悲哀地发现，出去了那么一次以后，它的生活相较之前似乎并没有多大的起色，甚至还倒退了几分……

生活里，很多人已经做了这只可怜的"小青蛙"，只是我们都浑然不觉，仍然认为自己这是有上进心。但焦虑这种负面情绪，可能真的对你来说没什么积极的作用。

昨天，一个即将面临大学毕业的学生，十万火急地向群里抛出一个问题："哪家出版社有招实习编辑的，本人不要一分钱工资，只求有师傅带经验，大恩大德，感激不尽！"

半个小时过去了，群里炸开了锅，很多以过来人的身份嘲笑着这位初闯社会的小伙子："你可要长点心，要是你真有实力留下来，哪家单位会不给你开工资啊？"

"读书读傻了吧，人家单位用你是要实现效益的，你当做公益呢，还请师傅免费带你？"

那个大学生继续焦虑地说："我是真心的，哪位大神帮帮我吧！在线等。"

可以看出来，他真的很焦虑，或许是害怕毕业的时候找不到一家可以实习的单位，也或许害怕自己会没事干，被周围的同学们比下去。

　　不管怎样，他貌似真的很着急，有时间"在线等"，却不愿实打实地想想办法，去解决问题。

　　我想起那天有个学弟在微博里给我发私信："师姐，你好，关注你有一阵子了。我是个刚刚毕业两年的上班族，眼看着同学们每个人都混得风生水起更上一层楼了，我却仍然陷在原地没有任何进步，甚至班级里一些原来根基比我还差的同学，如今也都月入上万了，我该怎么办呢？很想找个地缝钻进去，指点一下迷津吧！"

　　其实，我懂这些人的焦虑。曾几何时，我也如此的迷茫，一边羡慕着别人的繁华，一边惋惜着自己的无奈。

　　很长一段时间，群里老是发布谁谁换了新工作，谁谁刚买了一辆新车，谁谁出版了一部畅销小说……

　　看着这些消息，我越来越不敢公开说话，我知道自己在这些人中根本没什么分量，我说的话再多也只是废话。

　　所以，从那一天开始，我决定不再一边担惊受怕，一边傻傻地比较——那只会令自己更加焦虑。

　　回头再来分析这两位青年的困惑，恐怕是任何一位有志青年都会对未来有的一种困惑。

　　可是这种焦虑，并不代表你就一定会朝着明朗的方向前进，而你的焦虑恰恰是因为惊觉到自己与别人确实存在某种差距，却妄想寻找到一条便利的捷径，尽快地追上。

　　这种心愿通常是很难达成的，因为它怀有某种投机取巧的概念。

真正的努力，是需要先把自己的一颗心冷静下来，然后对想要完成的事情，有一个清晰的、明朗的认知与规划，然后每一天都认真地践行，至于结果如何，只管交给时间来考证。

曾经，我身边也有一些朋友，生活得很压抑，总在焦虑。久而久之，部分人的身体都开始受到这种不良情绪的影响，变得越来越脆弱。

后来，她们意识到再也不能这么任由情绪牵引自己，转而投入到摸索如何让自己变得快乐的方法中去了。

几个月后，有人参加了瑜伽培训班，有人拾起了早已扔下多年的绘画，有人学了吉他，有人跳起了印度舞。而我的朋友圈，也开始变得五彩缤纷，每个人都晒着自己丰富的日常生活。

可见焦虑的出现并不完全是一件坏事，甚至可以成为做出改变的一个契机。

只要你有双发现的眼睛，有颗热衷行动的心，就一定能够朝着更加完美的生活前进一步。

其实，我们早在孩提时代，就已经开始了对这个世界的各种探索，只不过那时候年纪尚小，再加上身边有家长和老师的指导，很多基本的生活问题都可以轻松地获得答案。

而真正的探索，则是从学校毕业出来逐渐走上社会以后才开始的。这时候，你的身边再没有别人，正如著名身心灵作家张德芬女士所说："亲爱的，外面没有别人！"

你对未知一切的探知，自始至终也只有一个人，成也是你，败也是你。因为问题太多，差距太远，世界变化太快，而我们又没有足够的信心来面对这一切，所以，就会产生焦虑。

希望你能认识到，焦虑如果可以被正确地看待，终究也会变成一件好事。而焦虑本身，并不代表你在努力，那更多的，只是一种对未来的恐惧，更多的，是会扰乱你的生活，彻底将你变成一个软弱的孩子。

我常听那些焦虑的人说："我后悔虚度了很多美好的时光。""我后悔没有认真做一件真正喜欢的事情。"

可是，解决问题的办法也正在这里啊！

世界上最无用的事情之一就是后悔，不管你怎样忏悔，过去都已不可追。当下才是真正美好的时光，从今天开始珍惜当下就可以了；过去没有完成自己的兴趣，那么从今天开始，一点一滴地补回来，用心练习，心情自然也就平静了。

还有一种焦虑是，对自己所做的事情缺乏十足的把握。

比如知道明天要举办一场重要的发布会，而你是这场会议的组织人。你或许是心理压力太大，还没开始工作你就会想到很多问题来吓唬自己："万一嘉宾在发布会现场拒绝回答记者的问题怎么办？""万一哪里做得不对，导致发布会失败怎么办……"

什么都没开始，为什么要先给自己埋坑呢？

你把一切都准备妥当不就什么事都没有了，就算临时会出现一些难料的状况，可那也必须先要冷静才能处理好，焦虑只会让人更加手足无措，手忙脚乱。

当你觉得一件事情离开自己就无法运转的时候，就意味着你出问题了。

事实上，没有任何事情离开你会导致无法运转，如果是这样的话，那所有人都不要睡觉了，否则，岂不是天下都要大乱？

仔细想一想，你的焦虑真的是有必要吗？会不会那只是一种你故意想做出来给别人看的假象，伪装成一种你很努力很紧张的样子，甚至骗到了自己，甚至还会稍微有些小感动。

如果你观察一下就会发现，那些拥有最充实的时间和快乐工作的人，晚上都会睡得香甜。

焦虑只是一种落后意识的觉醒，而并不代表你很努力。开始行动，脚踏实地地走好人生路上的每一步，才能真正地过好现实的人生。

7. 别对人生太苛刻，给自己犯错的机会

> 原谅别人是一种豁达，原谅自己是一种释怀。

古人说，人非圣贤孰能无过。意思就是，哪怕圣贤也有说错做错的时候。做人嘛，原本就不该给自己太多的压力。

一个人如果太过纠结，总想着不能犯错，或是犯错之后心情总是很沉重，总想得到别人的谅解，他的人生就会变得沉重起来，生活中就会感到莫大的煎熬、压抑。

想一想，我们谁又没有犯过错呢？

可能你小时候顽皮砸了邻居的玻璃；跟同学打架把对方眼睛打肿了；偷过父母的钱去买好吃的零食……甚至是在年少无知的岁月，仗着别人喜欢自己，伤过别人的心。

哪怕日后当你了解到自己当时有多可恶，觉得不能原谅，也别太自责和为难自己。

电影《催眠大师》里说："没有人能够原谅你，只有你能原谅自己。"你现在的忏悔，对曾经给别人造成的伤害，已经没多大意义。

况且大部分人在受到伤害以后，也都不再想和伤害自己的主体再有联系。对于他们来说，你就像那个咬了手指头的蛇一样，他们对你始终是害怕的，有所畏惧的，想要再靠近也就不容易。

生活中难免有碰撞，只要碰撞，就难免有伤害。我们都该豁达一些，学着原谅别人对自己犯下的错误，更要学着接受自己对别人犯下的错误。

原谅别人是一种豁达，原谅自己是一种释怀。而一个人能原谅自己，是种莫大的能力。毕竟谁都不愿意背负着一种沉重的失落，走完自己的一生。

你不肯原谅，只是因为仇恨的种子已在心间发芽，或者是出于自身的狭隘、自卑，放不下面子。

其实，社会是海阔天空的，当你真正地跳脱出来，才能给心灵插上一双飞翔的翅膀，才能看到更高更宽广的悠悠天地。

电影《一代宗师》中讲"见自己，见天地，见众生"。世间所有的一切，不过是万物在自己心中的反射呈现，这就是为什么所有的大师到最后都在讲修心的原因。

只要心安宁了，你的世界才安宁。

而不原谅别人又将会带来哪些困扰呢？结果是显而易见的：斤斤计较别人的过错只会令自己痛苦、难过，日复一日地陷入沉沦，不得解脱。

静下心来想一想，真的有必要吗？生命匆匆数十载，可做的、美好的事情那么多，为什么非要浪费时间纠结在让自己痛苦的事情上呢？

学会原谅吧！

记得最开始看电影《新警察故事》时，很受触动。

电影中陈国荣（成龙饰）因为一次失误，导致整个团队除他以外全部丧生，其中甚至包括他心爱未婚妻的胞弟。

为此，陈国荣一直不能原谅自己的失职，辞掉警察的职务，终日酗酒，醉倒街头，连午夜梦回都是那帮凄惨丧生的兄弟们在向他讨债。

后来，新新人类郑小锋（谢霆锋饰）出现了，他在年幼时受到陈国荣的帮助，所以很崇拜警察，整天渴望当上正义的化身。一天，他的梦想终于有机会成真了，他在路上遇到了自己的偶像，并把醉酒不醒的陈国荣抬回了家。

为令陈国荣再度振作，也为了满足自己当警察的心愿，郑小锋决定冒称是上司委派给陈国荣的新拍档，逼他复职追查"超级罪犯"一案。

就这样，凭借着胡混蒙骗的功夫，郑小锋化身青年干探，大模大样地和陈国荣一起回到了警局，成了陈国荣的搭档，与他一起追查杀人狂徒。

最后，在郑小锋的鼓励下，陈国荣终于选择原谅自己，重新振作，帮死去的兄弟报仇雪恨，破获了背后的神秘组织。

另一件事也是关于原谅。

民国初年军阀割据时代，一位高僧受某大帅邀请，前去府邸赴宴。

席间，高僧刚一落座，就发现满桌精致的菜肴中，竟有一块猪肉若隐若现地藏在其中一盘菜里。此时，他的徒弟好像也看到了这块肉，于是用筷子故意将肉翻了出来，好让大帅能看到。

可是这个行为却被高僧及时制止了，他轻声对徒弟说："如果你敢再把肉翻出来，我就把它吃掉。"

徒弟听了以后，只好乖乖坐着不动了。

宴席结束后，高僧带着徒弟辞别了大帅。在回寺院的途中，徒弟这才开口问道："师父，刚才我把肉翻出来就是为了让大帅能看到，好让他知道他的下人待客不周，回去惩罚他的厨子。"

可高僧却笑着说："每个人都会犯错，无论有心还是无意，你又何必太过纠结呢？再者说，大帅脾气暴躁，若他真的迁怒于厨师，说不定会在我们走后直接把他枪毙。这是我所不愿看到的，要是如此，我宁愿把肉吃下肚去。"

听了师父的解答，小徒弟这才领悟到其中的真谛，不由得点点头。

当你身边有人犯错误时，请你给他一些机会，让他在改正中更快地成长。

而当你自己犯错时，也请让自己释怀，让世界变得不那么黑暗，帮自己重新振作，重新拥有面对这个世界的勇气，好好地生活下去。

8.从抱怨到努力：同样的人，不同的是心态

> 从抱怨到努力的过程，是每个人注定要经历的成长
>
> 蜕变。

身边总有那么几个喜欢抱怨的人。

同事 A 说公司加班太多，老板太爱开会，几个小时下来什么决定也做不了，却害我们在那里坐着白受罪。

朋友 B 说大城市物价太高，想买房却遥遥无期，每天都在挤到爆的地铁里逃命似的去做一件并不喜欢的工作。

家人 C 说："我很喜欢做服装导购，可是店里的那帮女孩实在太吵了，我没办法说服自己跟她们待在一起，怎么办？"

每天要应付这一摊生活，还要抽出空来帮众人指点迷津，我也感到很疲累，于是就分别开出了"药方"：

对 A 说："那就炒你老板的鱿鱼啊，给他一个下马威，顺便还能在那帮同事面前涨涨威风！"

对 B 说："彻底离开那座城市吧，反正你也不是富二代，拼命一辈子大概也不可能买得起那城市里的房子！"

对 C 说："开店啊，自己当老板啊，那手下的员工还不得眼巴巴地等你发粮票！"

抱怨是人的天性，谁都喜欢安逸又舒适的生活，眼睛里揉不得沙子，不想看见任何一点难处。可生活就是这样，你一无特长，二无天赋，凭什么就能轻轻松松拥有一切呢？

以上几个人作为我的同事、朋友、家人，每个人都是我生活里不可或缺的一部分，对此，我很珍视彼此之间的情谊。可每个人都活得那么负面、消极，却让我由衷地为他们感到难堪。

很多影视剧中经常说的一句台词是："做人呢，最重要的就是开心。"但仔细想想，这句话放在特定的环境里，似乎又有些不对。

大学刚毕业那年，我到一个亲戚的公司打工，在亲戚的安排下，成为一名并不喜欢本职工作的财务。那个时候应届生找工作比较难，为了生计，我只好暂时选择留下来。

工作期间，我认识了一个来自南方的女孩晴，她个子矮小，却长得很精致。或许是因为生活在北方不习惯，晴整天愁眉不展，令我总是很心疼她。

私下里，因为都是女孩，又住在同一个宿舍，她自然跟我很亲近，说了很多抱怨的话。总之，她生活得很不开心，已经好几次跟我透露出想要辞职的打算。

一次，领导正在开会，照例是总结近期一段时间的工作进展，以及下个阶段的任务。会毕，大家正要散场时，晴不知哪里来的勇气，忽然站起来对着所有人大喊一声："领导，我要辞职！"

在场所有人都愣住了，我回看了一眼领导，他严肃的脸上掩藏不住一时的尴尬。但他还是强忍住怒火，问晴辞职的原因。

晴信誓旦旦地说："做人最重要的就是开心，我做这份工作并不开心，所以我要辞职。"

记得当时，不知哪里来的一股感动，很多同事都和我一样，情不自禁为晴的回答鼓起了掌。随后，只见领导重重地点了头，就算批准了。

半个月后，晴交接完所有的工作，收拾好行囊，决定回到南方城市。

临别的那天，我还特意送了晴，一路上都在夸奖她的气魄和勇敢。送她上车时，我对她说："回到家乡，一定要找一份能令自己开心的工作，也不枉费这么任性一场。"

晴笑着，很用力地冲我点点头。

时光流逝得飞快。两年之后，我们在网上相遇了，我问起她的近况，猜测她一定找到了一份快乐的工作，生活得很幸福。

却没想到，晴一句话都没说，只冲我发过来一个"难过"的表情。

过了许久，她才跟我叙述这两年的生活：原来，目前做的工作已经是她回家后的第三份工作了。之前的两份，全部因为或这样或那样的原因，都果断辞职了，甚至在第二次辞职的时候，她还曾一度迷信是不是自己的八字跟这座城市不合。

后来，她又很快到现在这家公司来上班了，却依旧苦恼地发现自己仍然不能快乐。就在昨天，她还曾因为考勤的问题跟人事部的同事差点吵起来。

那一刻，我不再羡慕她的豁达与勇敢，反而觉得她当初的辞职完全是一种冲动与鲁莽——或者她真的只是想要一份简单的开心，却不懂得怎样工作才能令自己实现愿望。

一个只有目标而根本不知道如何才能实现目标的人，大概永远也实现不了心中的理想。

后来，她又抱怨了些什么，我早已记不清了，只是知道，如果她找不到具体能令自己满意的状态，大概这种"辞职—入职—又辞职"的路还会走很久。

当然，人总不会是一成不变的，说不定再过两年，她会真的找到理想的能令自己开心的工作。

再回头说说我的妹妹。她向我抱怨店里姐妹不好相处的事发生在一年前，如今，她却真的是大变样了。昨天，我还在微信朋友圈里看到她新发表的一段话：

"说真的，在店里我觉得自己成长了很多——从开始的不合群，不爱说话，不爱扎堆，到和大家打成一片，每天谈笑风生。我感谢店里的每一个人，感谢她们包容我，帮助我。尤其是艳姐，琪琪，美学。

"艳姐工作认真勤快，热心负责；琪琪脑袋灵活；美学非常拼命。她们身上都有值得我学习的地方，我得更加努力，向她们看齐。总有一天，我会在工作岗位上和她们一样，成为不可替代的镇店之宝。"

同样的一个人，同样的环境，为什么差距会这么大？答案是：心态的转变。

当我们在听一个人抱怨时，其实只看到他一方面对一件事、一个人的看法，俗话说"兼听则明，偏听则暗"。

在最初听到亲人或朋友的倾诉时，很容易就对倾诉人产生同情，会觉得一切都是别人的错。

可事实却不然，大部分时候，环境其实是无所谓对错的，只看适不适合——如果一个人肯调整自己去适应周边的环境，问题自然会迎刃而解。只是人们凡事总爱从别人身上找原因，忘记最大的问题却是出在自己身上罢了。

妹妹从喜欢抱怨、满腹牢骚的小姑娘，到现在眼前这个活泼开朗、积极向上的服装销售，这是同一个人，只是因为心态变了，所以对事情的看法也就变了。

从抱怨到努力的过程，是每个人注定要经历的成长蜕变。从抱怨到努力，是深刻反省、认知自我的关键步骤，这个过程有时会很漫长，但请你一定不要放弃。

只有懂得了做任何事都不容易，才会懂得低下头、默默付出的价值与意义。

第二章

你原本可以飞得更高，别让懒惰害了你

· 多少原本美好的生活，到头来却输给了懒惰

· 过好每一天，就是过好这一生

· 没准备的人生，注定要与成功擦肩而过

· 选择更艰难的一条路

· 做好现在，就等于未来成功了一半

· 计划是做事的指挥棒

· 将配角做到极致，才有资格做主角

· 摆脱成功的头号杀手——拖延症

1. 多少原本美好的生活，到头来却输给了懒惰

> 懒人不会失败，因为他们从不为成功而努力，更不
> 关心结果。

以前，我以为一个人一生能走多少个地方，读多少本书，是由他口袋里的钱决定的。可是后来我发现，并不如此，这一切由他是否勤奋决定的。

"懒"字毁终身，多少原本应该美好的生活，到头来都是败在这个字下。

或许，你还没有体会到懒的毁灭性，下面我来给大家讲两个小故事。

从前，在一个偏远的小村庄里，有一位农夫。他的家里很穷，只有一块小小的田地，为此他将其视为珍宝，恨不能用性命去爱惜。

有一年，因为天气的原因，农夫虽然很认真地耕种了却没有多少收成。于是到了第二年春耕时，家里就只剩下了一小袋的种子。播种的那天，天刚一亮，他就从床上爬起来到田里耕

地去了。

到了正午时分，太阳火辣辣地暴晒着农夫的脊背，他感到一阵燥热，心想着正好到了午饭时间，不如到旁边的大树下乘凉，休息一会儿。

就在他靠树坐下的那一瞬间，一把种子突然从袋子里洒了出来。农夫看到了立即弯腰捡拾起来，一边捡一边暗自叹气，心疼不已。

为了拾回剩下的种子，农夫只好拿起锄头开始挖这棵树。天气越来越热，汗水顺着他的脸颊流淌下来，但他丝毫没有停止的意思。

忽然，"当"的一下，他的锄头似乎是碰到了埋在地下的什么东西。他又继续挖了一会儿，看到从土里露出来一个黄色的盒子。农夫没有理会，直到他全部找回了自己丢失的种子，这才想到放在一旁的盒子。

当他打开盒子的一瞬间，整个人都惊呆了。只见盒子里装满了金灿灿的黄金，足够他什么都不干地过一辈子了。

但农夫却像什么都没发生一样，依旧守着自己的这块田地，很辛勤地劳作着。村里很多人知道了这件事，纷纷向他提出质疑："你已经有了那么多的金子，为什么还要种这几亩地呢？"

农夫听完，哈哈一笑："不错，我是很幸运，可这些都是因为我的辛勤劳动和对劳动果实的珍惜才得到的。"

只见那些人全都惭愧地低下头，再也没有任何异议。

这个故事告诉大家：只有辛勤的劳动，才能获得意外的收获。而懒散的人，却未必能得到回报。

第二个故事的主角是两只青蛙，它们一黄一绿，共同生活在美丽的池塘边。绿色的青蛙很勤快，经常去稻田里捕捉害虫；黄色的青蛙却很懒惰，每天只会趴在大马路上晒太阳。

一天，黄色青蛙正在草丛中呼呼大睡，突然听到旁边有人在叫它，睁开眼睛一看，原来是那只绿色青蛙。绿青蛙对黄青蛙说："你在这里太危险了，快搬来跟我一块住吧！"

可是黄青蛙却不以为然："这里一样有虫子吃，还能舒舒服服地晒太阳，我为什么要千辛万苦地去你那里？"

绿青蛙还想要说什么，却只见黄青蛙已经闭上了眼睛，自顾自地睡起来。于是它也只好摇摇头，无可奈何地离开了。

几天以后，路上来了一辆马车，正好经过黄青蛙睡觉的地方，"啪"一下就把它当场轧死了。

试想，如果黄青蛙能勤快一点，搬到绿青蛙的家里，还会落得丧命的下场吗？

很多灾难与不测其实都事出有因，或是因为我们的懒惰，或是因为我们的不良习惯，连举手之劳的事情都不愿意做，可想而知其他的事情了。

而生活中多的是这种烦琐的小事，一个人一辈子能遇上几件大事？何况人生，除却生死无大事。我们生活的日常，就是柴米油盐酱醋茶的小事，只有处理好这些小事，才能过好真实的生活。

而懒惰是人生成功和幸福的大敌。懒散的人，注定生活无序。

对于女人来说，"没有丑女人，只有懒女人。"或许你也见过不少明明长相不错但却气质不佳的女生，她们原本有着相当不错的先天条件，却没能活出令人眼前一亮的时尚范儿；还有一些人，明明很聪明，却并没有取得想象中应得的成绩……

某个朋友想学习英语，有段时间不惜花费四千块钱报了英文补习班。可是她只坚持了一个月就喊着累，最终英文没学成，还浪费了钱财。

另一位朋友到了适婚年纪仍然找不到对象，每天嚷着今年一定要嫁出去，却总懒得修饰自己，以至于进城多年还是一副土里土气的模样。

还有位朋友整天嚷着减肥，却在每年年终仍旧许着同样的心愿，只因为她每次该去锻炼身体时，总以各种借口推脱掉了。

我总觉得，这个世界原本可以更美好一些的，如果你再勤快一些——这个世界所有的风景与美好，绝不可能属于那些懒散成性的人。甚至很多时候，你的懒散也会给别人造成困扰。

一位朋友曾经很喜欢写剧本，努力了好久才接到一个写电影剧本的活。

一开始，她每天把自己关在房间里，只为琢磨故事梗概、剧情以及人物设定等，可时间长了，好多次写的剧本都被导演推翻，要求重写，她便渐渐不耐烦了起来。

终于，在离截稿日还有半个月的时候，她放弃了这部剧本。

截稿日到了，导演没有收到剧本，而她作为最主要的责任人，始终没有给出一个解释，只一味地说，她太累了懒得写。最后，导致整个剧组损失了好几十万元。

懒人不会失败，因为他们从不为成功而努力，更不关心结果。就像上面我的这些朋友。

很多人一开始为自己树立了伟大的目标，却在过程中因为受到一点挫折就想放弃，心里还试图安慰自己说"并不是我懒而是目标真的很难达成"，然后就这样拖拖拉拉地放弃了。

当别人问起的时候，他会给自己找一百个理由来开脱，却始终不肯承认这一切都是因为自己的懒惰。

当然，也会有人说，"我那么努力干什么呢？这个世界就是不公平的，我就是再努力即使累死也赢不过那些富二代！"

可是你为什么一定要跟别人比呢？哪怕你的努力只是使你比过去强了那么一点，这也是实实在在的进步啊！

对这种人我只想说，当你看到别人平步青云站在山巅时，千万不要去嫉妒，而是应该感到惭愧，因为原本你也可以过上这样美好的生活，只因为一切到头来输给了懒散。

记住，谁的成功都得来不易，需要靠双手双脚去奋斗，去争取。

此时此刻，行动起来，你将离想要的生活更近。

2. 过好每一天，就是过好这一生

三年后你将会在哪里，就由现在决定。

如果你想要每一天都过得踏实一些，不妨在每晚睡前问自己这样一个问题："今天我过得怎么样？"

世界上最接近于完美生活的，大概就是这一种了：心甘情愿且正确地度过了一天时光。

心甘情愿，就是说你把时间都花在了自己喜欢的事情上，和自己喜欢的人在一起；正确，就是去处理那些应当完成的，你有责任去承担的事情。

这两种方式，前者会使人舒心，后者则叫人踏实，都会令人心满意足。

很多人无所事事，但有更多人从来不肯满足于现状，总是希望能靠自己的双手过上更美好的生活。但其实，过好每一天，就是过好这一生。

那么，怎样才能过好每一天呢？

首先，你应当先给自己列个详细的工作、生活计划，把第二天急需解决的问题安排在前面。把每一天都过得充实，就能把整个人生都过得充实，说不定，还会带来意外的惊喜！

同学亚平一直做着当歌手的梦，可是她相貌平平，一点也不出众，所以大家对她的这个梦想一直不以为然。

每次学校举办文艺汇演时，亚平都很积极。她会花很长的时间在宿舍里兴致盎然地一遍遍练习舞蹈，也会在暮色时分的校园里纵情歌唱。

这一次，亚平从舞台后款款走出来，当她开口唱第一句时，我们的内心竟出乎意料地深感震撼，人群中纷纷发出赞叹："咦，这是她唱的吗？好像进步了很多！"

原来，那段时间她用攒了整整半年的钱，报了一个声乐培训班，很拼命地跟着老师上了四个星期的课程，课下也一直下功夫练习。

那些曾经被我们嘲笑的梦想，有一天竟然会真的绽放光芒！

那之后，亚平成为学校文艺汇演的常客了。毕业后，凭借着良好的舞台表演经验和独特有韵味的嗓音，她被一家唱片公司选去做了歌手。

天啊，当这个消息传来的时候，几乎没人敢相信这是真的。可老师说了这样一句话："她每天都在朝着梦想努力，她付出了真心去对待每一天，所以那是应得的。"

谈起梦想这个词，我不知道有多少人会笑出来，而多少人会选择默默地低下头，静静地不说一句话。

这是一个梦想泛滥的时代，很多选手在各式各样的选秀节目里飙眼泪，谈梦想，说自己之所以能够坚持到今天，只是因为仍有梦想……

大多数时间，我并不讨厌这种拿梦想作秀的做法，甚至会被其中的一些人感动。感动的理由是，我们在台上看他们聊梦想或许只是短短的几分钟，难以想象的是，台下的他们为了坚持心中的这份执念，到底付出了多少的勇气。

一个歌手的每一天，几乎就是进录音棚、作曲、写词，与乐队其他人员琢磨讨论；一个作家的每一天，无外乎俯首埋头，对着电脑噼里啪啦地打字，跟编辑商量图书的封面、文案等；一个演员的一天，就是背台词、一次次 NG，与导演不停地磨合、争论，戏演完了还要筹备宣传计划……

很多事没我们想的那么简单，但也没我们想的那么复杂，况且所谓梦想也不是要你一天就去实现的。

是，你是很羡慕各个行业里的领头老大，渴望自己有朝一日也能变得强大，跟对方坐在同一张桌子上喝着咖啡聊合作。可是，在那之前，你需要的是把自己的每一天都过到极致，因为过好每一天，就是过好这一生。

哪怕是再卑微渺小的梦想，只要你肯付诸努力，也有值得老天帮你的理由和原因。

我身边有很多人，有些对未来有着详细的规划，一分一毫都不能错，对每一步都要求"稳准狠"；也有那种对未来没有太多想法，有一份稳定工作就可以——但稳定也不是那么好得到的。

这个世界风起云涌、人才辈出，这一刻你不努力，下一刻就有可能被别人所代替。所以，不管你是向往精益求精，还是稳定安逸，做事的时候都必须要认真、谨慎对待。

大展宏图要在未来才能体现出成果，但是也得从脚下的一点一滴开启。一滴水可以汇聚成河，一条河可以汇聚成海，人生没有永远可以满足的成功，只有永不停止向前奔流的生活。

三年后你将会在哪里，就由现在决定。

成功从来不是一蹴而就的。你如何度过自己的每一天，都预示着未来将会以怎样的姿态展现在你的面前。

一个每天无所事事的人几乎不可能会飞黄腾达，就算是去买彩票，也需要风雨无阻坚持买下去啊！而一个把每天都当成是生命中最后一天去努力奋斗的人，不管多难，终将收获丰富充盈的人生。

著名主持人董卿曾说："每一天，都不应该草草地度过，只要心在那儿，就不在乎过程是那么难熬。"就是这个道理，过得充实而令自己满意，晚上才能睡个好觉。

所以，从现在开始为自己做个计划吧，踏踏实实、充满活力地去迎接生命中的每一天。

3. 没准备的人生，注定要与成功擦肩而过

你以应付的姿态对待公司，其实也是在应付自己。

这个世界，大多数时候还是很公平的。

虽然你没有出生在一个富裕的家庭，但却四肢健全、大脑聪敏；虽然你目前没有一份很有前途的工作，但你还有一颗追求成功、永不停止奋斗的心。

倘若每个人都能看到并且珍视自己所拥有的美好，那么生活中或许会减少许多无谓的抱怨。

与其抱怨，还不如好好地打磨自己，迎接任何可能翻盘的机会——对于准备好的人来说，上天没有不垂青的理由。

以前看过一个很有含金量的话题，说的是"毕业三到五年，将会拉开同学的差距"。为什么会有这样的说法？大概因为三到五年的时间，足以让大部分的毕业生认清楚自己要做什么，并且在自己的领域奋斗出一点成绩。

据我观察，我们当年那一届的同学，在毕业几年后，有些人已经在很有名的世界五百强企业担任要职，年薪达几十万；有些人在事业单位上班，工作清闲图个稳定，月薪仅为两三千；

还有一些人无所事事，连个奋斗目标都没有，每年聚会都在抱怨同一件事，总是发愁不知道自己要做什么。

为什么差距会这么大呢？

第一类人，能够尽快明确自己的目标，清楚自己所要从事的职业，做好付出艰辛努力的准备。这样的人更容易成为未来的成功人士，他们有狼一样的精神，目标坚定，追求卓越，并会根据实际情况调整自己达成目标的计划，能够承受沿途遇到的各种压力、挫折。

第二种人，似乎也有着既定的目标，就是想要一个稳定的人生，所以会在毕业后选择报考公务员，以及寻求其他能够进入事业单位的途径、方法。

而第三种人却是最不可效仿的，明明毕业时与同学们站在同一条起跑线上，却不懂得思考未来，树立目标，到最后白白地荒废了青春，什么都没有得到。

人们总爱说："本来那个位置是我的，可就因为我今天晚来了一点，所以才……"人们也总爱说："本来这个我是会做的，可是太长时间没有练过，今天一紧张就失败了……"人们还总爱说："以后我一定……"

其实，并不是这些借口导致了你今日的失败，而是此前你一直没有任何的准备，而无准备的人生注定要与成功擦肩而过！

羽毛球运动员林丹，他当初在队里并不被教练看好，甚至参加多次重要的比赛时，都被当作候补队员。

可是林丹并不为此灰心，而是抓紧一切时间拼命地练习。

虽然他也不知道何时才能轮到自己上场，但他想要的是——但凡有那么一次机会，他希望能向所有人展现出自己最完美的状态和成绩！

果然，他做到了，正是那非常漂亮的一场比赛，奠定了他如今的辉煌地位。

机会是留给有准备的人的。

当你为了一件小事永无休止地替自己洗白，不如利用更多的时间，好好去修炼、提升自己的专业技能，在必要的时候给大家来个满堂彩。

那天，在公交车上，我无意间听到两个年纪相仿的女生在聊天。

一个女生愁眉不展地向对方抱怨自己就这么丢了主管的位置，她的理由很充分，满脸的委屈，她说："要不是去外地出了几天差，主管的位置早就是我的了，凭什么那个谁就上去了啊？明明是我工作比较努力！"

眼见她的同事也不回话，我忍不住在心里暗暗地想："说不定老板就是怕你捣乱，所以那几天才要把你派到外面去出差呢！"

虽然，我并不知晓事情的具体经过，可我想，那个老板一定清楚她们二人谁更适合做主管。看眼前这位女孩抱怨到喋喋不休的样子，我想她工作的时候也一定很爱埋怨，可当真正有事的时候，谁有心情和时间听你抱怨呢？

身边总有一些人，一边在压力不大的工作环境下，每个月乐悠悠地拿着固定的薪水，一边又向周遭的人喋喋不休地抱怨公司没什么发展前景。倘若你真的想走，天高任鸟飞，海阔凭鱼跃，外面的世界大得很，你完全可以选择一个能充分实现个人价值的地方。

还有一群人，日复一日地做着同样的工作，领导不给任务的时候就逛淘宝，刷微博，几年以后开始频频抱怨：干了这么多年，薪水一分都不涨，这破公司还怎么待啊？殊不知你以应付的姿态对待公司，其实也是在应付自己。

机会永远是给那些有准备的人的。

台上一分钟，台下十年功。那些在台上说相声的人，为了抖一个包袱，在台下勤学苦练了千百回；那些希望给大家呈现一部优秀作品的演员们，台下吊威亚、背台词，夏捂冬冻，吃了常人难以想象的苦头。

有时往往因为错失一次机会，将会带来整个职业生涯的突变。对于演员来说，每得到一个奖杯，就离心中那个完美的自己更近了一步，也让攻击自己的人少了一个反驳自己的噱头。

毕竟，很多人在打击和讽刺别人的时候，会经常说"有本事去拿个影帝"这类讥讽的话。可是如果平时做足了准备、练习，当机会来临的时候，优秀的演员就会脱颖而出。

机会只有一次，就看你能不能抓住了。如果当其他人拼命学习新技能的时候，你却在打游戏；当其他人周末忙着充电学英文的时候，你却捧着爆米花看电影；当其他人在会议上针对领导的质疑提出真知灼见时，你却犯困偷懒思想溜号，那么，机会注定要与你擦肩而过，成功也注定将离你远去。

　　从来就没有什么天生的幸运，一切全都靠背后日复一日、年复一年辛劳地耕耘，努力。或许世上真有些不入世的天才，那也与大多数人无关。

　　近日我看了《最强大脑》中日对抗赛，其中王昱珩和陈冉冉的表现格外突出，但在对他们称赞之余，也看到了他们在台下那魔鬼式的训练有多么艰辛。

　　陈冉冉从 7 岁时就开始学习珠算。后来通过解放军军事经济学院心算队的特招测试，在队十余年，陈冉冉每天都要进行一个多小时的专业训练，每晚要多做 300 余道加减题，这才练就了"神算"的本领。

　　王昱珩虽有"鬼眼之才"的称号，但在早年右眼却因外伤导致瞳孔缩放，无法像正常人那样变焦、对焦。在几乎失去三分之二视力的时候，与别国选手进行比赛，可谓顶着巨大的压力，可最终他还是成功保住了中国队的成绩，一切只因为背后日复一日辛苦的练习。

　　没有那么多的机会是专程为你而来的，下一次如果又失败了，别再用如此蹩脚的理由来欺骗别人，安慰自己。其实你自己心里最清楚：你，并不是缺少一个机会，你缺少的，是一颗为了机会而时刻努力奋斗的心。

4. 选择更艰难的一条路

　　脚下的路，永远都是自己走出来的，没有任何人逼你。

　　平时我很喜欢看电影、电视剧，尤其爱看美剧。在美剧《行尸走肉》的某一季中，一队之长瑞克对他的儿子说："如果你要选择一条路去走，那么就选最难的一条。"

　　初听到，颇为震撼，当时还以为是这位老兄故意在耍帅。后来，我在生活中遇到了同样的问题，才想明白：但凡强者，都会选择更艰难的一条路。

　　那一次，我一个玩得很好的兄弟阿牛，跟我聊了一个关于"选择"的话题，具体是这样的：他所在的公司最近在招聘技术人员，他很想试一试。

　　目前他有一个顾虑，就是他已经在业务方面做了两年，各方面业绩都还不错，而技术虽是他一直都很喜欢的，却很久没接触过了。

　　他担心要是贸然去试，如果选上了，就等于要白白放弃这两年积攒下的业务资源；如果没选上，他在同事和领导面前会挺没面子的，但又不甘心到头来放弃自己心中热爱的专业，就想请我帮他拿个主意。

我很简单地跟他说了我的想法，提醒他最后的主意还是靠他自己拿。

我的想法很简单，就是去应聘技术员的岗位。因为在这种情况下，人但凡心生想法就一定表示他对那个事物有了牵挂，有了兴趣，如果放弃，一定会在心里形成一个疙瘩，阻碍以后的生活。

既然是自己喜欢的，就值得一试，失败了算是教训，你仍可以继续做业务的工作，或者利用业余时间补习更多的技术知识；若是成功了，就可以从事自己真正喜欢的工作。至于业务资源，你可以在业余时间利用起来，或者无私地奉献给公司，都可以。

做人，其实原本就不需要那么多的纠结，要知道纠结的时间越久，生活便越容易陷入混乱。

我能体会到，大概很多人都经历过这种无助的迷茫：就像突然站在了十字路口，没有方向，或者是方向有多个却并不知道该选哪条路。

第一种很简单，就是找到自己的一个兴趣，为人生树立目标；而第二种，建议选择比较难走的那条路，简单的路太没挑战性。

一个男生先是喜欢上了 A 姑娘，后来又喜欢上了 B 姑娘，他在两个选择中犹豫不决，不知道该选哪个，于是就去征求朋友的答案。

朋友说："选 B 姑娘吧！如果你足够喜欢 A 姑娘的话，就不会有 B 姑娘的出现了。"

同理，如果我的朋友阿牛足够喜欢他现在的业务岗位，就一定不会对技术岗位产生想法了。

你的心里有欲望，所以才会有烦恼。而选择更难的那条路，就是消除欲望的最好办法。

我也懂得，人性更趋向于选择那条容易的道路，使我们免于苦难，免于挫折，想比较轻松地就能获得想要拥有的一切。

但真相却是，世上没有哪一条路是真正轻松、简单的，就算你选了那条相对简单的路，到最后也不一定能赢得全盘胜利，却百分之百丢了一个勇者理应具有的风范。

想一想生活中的情景，花便宜的钱却吃到了很难吃的东西，你会是什么心情？大多数人的第一想法一定是：还不如多花一点钱买个好吃一点的！

对，就是这样。相对轻松的付出，注定不会得到丰厚的回馈。

选择比较难的一条路，正是为了所有的时间能被最大化利用，所有的付出都能尽可能得到更多的回报。

通过跟阿牛的这次聊天，我忽然想到自己的人生：如今，我很庆幸每次面对选择的时候，自己没有去选择那条相对容易的路。

我第一次面对人生选择是在高考结束后。因为发挥失常，英语只考了 65 分，进而导致整体成绩不佳，无法达到全国任何一所本科院校的分数线。

当时，我有两个选择，一是复读一年，来年参加第二次高考；二是随便去个大专院校，早早毕业，工作赚钱。

一开始我倾向于第二种选择，只因为高三那一年实在太严苛了，回想一下刚从那种压抑的气氛里拼出来，我怎么能让自己再回去受罪呢？

可是临近暑假结束前，我转换了想法，跟父母说我决定复读。理智告诉我，考试成绩不佳只是因为发挥失常而不是别的原因，如果我这次好好努力，说不定明年可以考上一所更理想的院校。

就这样，我很有信心地去高三复读班报到了。

果然，经过一年的努力复习，在第二次高考中我取得了很好的成绩，最后去了全国名列前茅的一所学校。

在那里，我结识了很多来自五湖四海像我一样能吃苦的同学，甚至还有很多大神级别的人物，直到现在我们都还是事业、生活上非常要好的朋友。

这是一笔多么宝贵的人生财富，与轻松就逃掉繁重的高三课业相比，这种收获难道不是更令人兴奋吗？

我的第二次人生选择是在大学毕业的时候。

当时，已经有两家企业先后向我递来了 Offer，一家是国企，另外一家是中日合资企业。岗位都是一样的：程序员。

本来我的意向是在后者，可是母亲总说，选国企吧，工资虽然少一些，可毕竟是事业单位，比较稳定。

经过几天的考虑，我最终还是选择了后一家企业。

上班以后我才真正感受到，中日合资企业的工作氛围确实更为紧张，人员之间的竞聘也相当激烈。在这里，所有的员工每年都要参加一次企业组织的公开竞聘，优秀的员工将得到更高的薪水待遇，而最差的员工则面临淘汰。

确实，这家公司没有国企那么安逸、稳定，甚至还有很大的压力，但我就是喜欢这样激烈刺激的竞争环境，它使我清楚而深刻地认识到，人要永远保持一颗向上的心，你只有每天都很努力，才能让生活变得轻松。

最终，经过努力，目前我已经是技术部门的总监了，带着一个 20 人的团队。

对于未来，我雄心勃勃，我有信心靠能力去争取自己想要的一切。试想一下，如果当初我选了更为容易的那条路，那现在的生活将是怎样的一种状态？

我可能大专毕业，永远无法认识这么多优秀的朋友；可能毕业后从事一份普普通通的工作，少量的薪水根本买不起城市里的房子，更无法将我的父母接到这座城市安享晚年……

生命的际遇总是这样的奇妙，可总结下来，每一步其实都是自己的选择，你选择什么，将来就将拥有什么。脚下的路，永远都是自己走出来的，没有任何人逼你。

当然，我并不是在炫耀自己吃过多少苦，或是现在的生活有多幸福，就是觉得，选择更难的一条路，注定会让一个人在各个方面获得更多的提升与完善。

在我之外，我知道还有更多的人过着比我更优越的生活，那只是因为他们吃过比我更多的苦，走过比我更难的路。

选择更艰难的那条路，有时候并不代表着你一定就会成功，但起码你会得到自己的首肯，日后回忆起来不会遗憾、自责，你会获得心灵上的平静。太轻松就能得到的东西，大多没有什么挑战性；而选择艰难的这条路，你才会看到更加波澜壮阔的风景。

作家王小波曾说："人在年轻时，最头疼的一件事就是决定自己这一生要做什么……总而言之，干什么都是好的，但要干出个样子来，这才是人的价值和尊严所在。"

为了干得更有价值和尊严，我劝你，选择更艰难的一条路。

5. 做好现在，就等于未来成功了一半

任何一项技能，都会让你在必要的时刻，英雄有用武之地。

跟朋友聊天，他们最常提到的词就是"迷茫"。

有些迷茫是因为目标不明确，没有真的下定决定要去从事哪一行，做哪一件事；有些迷茫是因为看不清方向，想要行动可是没有方法、策略；有些迷茫则是因为急功近利，想要用最短的时间获取最多的利益，得到更多人的青睐。

其实，这种现象并不少见，很多人因为不知道未来要做什么，干脆也就对目前所做的一切没什么兴趣了。

这种想法是不对的。

走出校门的学生，因为没有接受过正规的职业培训，很多问题都是第一次遇到，所以会感到很困惑。很多人迫于生活的压力，随随便便选了份工作，时间一久就会觉得，这份工作自己并不喜欢，但又不知道该去找份怎样的工作，以及能不能找到理想的工作。

事实证明，当你没想清楚自己的长处在哪里，更适合、更喜欢做哪项工作时，只能病急乱投医，到处盲目地换工作。到头来，只能是越换越失落，越换越不满意。

一项调查数据显示：美国人平均一生才换四份工作；日本人则更少，只有两次。可中国的大学毕业生，则因为太过迷茫，不知道从何选择，毕业后五年就能换上四五次，有些甚至更多。

其实，就算天底下最聪慧的大学毕业生，也不一定就能够在刚走出校门时，马上搞清楚自己想做什么，未来会是怎样的。大部分人都是在不断的摸索中，付出时间，付出精力甚至是失败的代价，才弄清楚了自己适合做什么。

当你看不清未来时，请不要停止眼下的努力，只有走好脚下的路，才能一步步拥有成功的未来。

对于一个刚毕业的学生来说，迫切地找份工作是很重要的一件事，但同时要给自己一到两年的时间，攒够需要的钱，同时慢慢地发现、培养自己的兴趣爱好。

当你有足够的资本来支撑自己的消耗时，当你想明白自己决定走哪条路，理清思路时，再开始全新的尝试也不晚。

频繁地换工作，是所有策略中的下下策。

你需要不断地去适应全新的环境，在紧张的氛围中开始一天的工作。浪费了最宝贵的时间，却没能掌握到最重要的技能，这是非常可惜的。

没有人能从一开始就找到正确的那条路，做任何事情都需要厚积薄发，一点点的积累，循序渐进。

当下最炙手可热的相声明星岳云鹏，在没成为一名出色的相声演员前，只是一家餐馆的服务员。

岳云鹏出身贫寒，14岁就辍学了，接着外出打工。为了混出个人样，他当过保安、清洁工、后厨打杂、饭店服务员，可以说是看尽了人间冷暖，吃遍了各种苦头。

岳云鹏到北京的第一份工作，就是做了某小区的一名保安。但他并不满足于本职工作，总想着要掌握一门技术。

于是，在朋友的介绍下，他来到一家美食城打工，跟着师傅学习切菜、烧菜，每天都累得腰酸背痛。可是就在他兴致勃勃地朝着未来努力时，却被老板无情地开除了，只因为老板的弟弟要来顶替他的那份工作。

后来，朋友又介绍他去酒楼清洁厕所。原本以为这一次总算可以稳定，却不想再次被酒楼的老板刁难，被迫离开。

走在北京的街道上，看着周围来来往往的人群，岳云鹏陷入了无限的伤感与迷茫中。他不知道自己的未来在哪里，更不明白只想要一份稳定的工作，想学点东西却为什么总是这样难。

哭过以后，他决定重新再来。既然未来暂时看不清楚，那还是努力走好脚下的路，说不定，守得云开见月明，哪天上天会看到他受的苦，为他开辟一条路。

那之后，他做过餐厅服务员、跟着同学学电焊，依然受尽了辛苦与委屈。每份工作，他都尽心尽力，业余时间还在努力琢磨自己要学点什么手艺。

有天，一位唱京剧的老熟客对他说："我觉得你的嗓音不错，干脆去学说相声吧！"可能是老人的一句无心之言，岳云鹏听到心里去了，他真的下定决心要去学说相声。

于是，2003年的某一天，岳云鹏跟着店里的一个小伙计，两个人开始天天到德云社听相声，一门心思要拜郭德纲为师。

因为他俩什么都不会，所以一开始郭德纲没答应收。可两个人不死心，每天坚持到台下听相声。

三个月过去了，郭德纲被他们两个人的执着打动了，就对他们说："那就跟着我学吧！"

2004年3月，两个人一起辞了工作，拜郭德纲为师。

那时候德云社刚刚起步，经济不太宽裕，岳云鹏每个月只有百十元的生活费，他开始打起退堂鼓：要不还是回餐馆干吧，至少每个月有一千多块的收入。

可这个想法很快就打消了，他继续跟着师傅学说相声，从最基本的《报菜名》开始，每天要背几十遍。为了练习普通话，他经常站在室外拿着报纸大声念。

经过一年多的刻苦训练，岳云鹏总算能说上几段流利的相声，开始正式登台表演了。第一次表演很不顺利，因为没经验加上也紧张，表演效果不佳，他被观众轰下了台。

下台后，他就跑到后面哭了，此后半年多，郭德纲没再让他上台表演。

那次失败以后，岳云鹏听到了很多负面的话，大家纷纷劝他放弃，说他根本不是说相声的料。这些话很刺耳，听得他很难过，他对未来再一次充满了迷茫。

那天晚上，他整夜失眠。天亮以后，他做了个决定，不能就这么轻易放弃，就算不行，也要再努力一把。

终于，2006 年，在经过无数次的磨炼之后，他上台表演的相声第一次把观众逗笑了。那一刻，成功的喜悦占据心头，让他对未来充满了坚定。

2015 年春晚，凭借相声《我忍不了》，岳云鹏彻底火了，为全国观众所认可、喜欢。

这一路走来，到底经历了多少艰辛与酸楚，我想也只有他自己才懂。而他在未来不确定时所做出的每一个选择，都奠定了他如今的成功，那就是——做好现在，坚持走好脚下的路！

当你看不清未来时，认真做好现在的事情，是你唯一正确的选择。如果是名学生，就好好学习，把成绩提高上去，至少能考上一所优秀的大学；如果是企业员工，就努力提高职业技能，做个出色的员工。

任何一项技能，都会让你在必要的时刻英雄有用武之地。别再用频繁地换工作来逃避自己的软弱，一份工作做不好，换了其他工作也是一样。当你把眼前的事情做到极致，就等于未来成功了一半。

迷茫并不可怕，去做，就不会迷茫。

6. 计划是做事的指挥棒

> 纵然你的欲望再多，也一口吃不成个胖子，总要一
> 点点按部就班地来实现。

艾米在没有成为一名家庭主妇之前，从来不知道自己一天可以做完这么多的事情。

她既要照顾刚满一岁的女儿，还要打扫卫生，洗衣做饭，收拾女儿的玩具等。

后来，她跟我说，每个母亲都是超人，有了孩子以后，几乎是一夜之间拥有了无限的超能力。

以前，艾米很不喜欢做家务，但自从有了孩子以后，她几乎颠覆了全部的自己。

从最开始学做小甜点，到现在已经能够游刃有余地同时进行很多事情，她的身上越来越散发出母亲的伟大光辉来。

早晨醒来，艾米会第一时间起床，洗漱，先把自己整理干净，再把房间收拾整洁。在女儿睡醒之前，就做好她最爱吃的米粥和小甜点。熬粥的同时，还将女儿昨天替换下来的衣服扔

进洗衣机洗干净。

我惊讶于艾米的重大转变。

艾米说："一开始我也不懂的，只是后来事情太多了，感觉到必须要做计划。做着做着，就感觉得心应手起来，时间也变得越来越多。"

生活中的琐事，令我们常常觉得毫无头绪，想做的事情太多，能完成的却永远那么少。

其实，并不是你的时间太少，而是你不会合理地利用时间，无法在有效的时间发挥出更多的价值。

Z君一开始很讨厌做计划，他总喜欢追逐那种"最后一秒"的刺激感，就算面前堆了再多的任务，只等自己一发功，顷刻间一切问题都化为乌有。

做学生时的Z君就不喜欢做学习计划，每次考试之前都是临时抱佛脚，偏偏好几次都还能取得不错的成绩。这让他以为自己是个独特的天才，总能花比别人更少的时间和精力去完成同样一件事。

可能是受到上学时养成的习惯的影响，参加房地产销售工作以后，Z君仍然不肯做工作计划。直到有一天，大领导突然空降北京公司，要求全体员工提交上周就已经布置下的新楼盘营销策划案。

看到其他同事全部都神情淡定，向上级交出了一份满意的答卷，而自己的电脑文档里还是一片空白，Z君急得满头大汗。

最终，Z君不但因失职让个人遭受了降薪的惩处，还连累了部门领导被当众训话。

从那以后，Z君开始做起了工作计划。渐渐地，他发现很多看起来繁杂的工作，竟然开始变得简单起来，而一些让他很头疼的程序也变得有条不紊，逐步走上正轨。

现在，Z君恨不能逢人就说，还是做计划好啊。而他甚至会花很大一块时间来做工作计划，大到年计划，小到周计划，日计划。

给你的生活做计划，能帮你更合理充分地运用每天的时光，提升自己的生活品质；给你的工作做计划，能更有效地明确任务和目标，按时完成所有的任务。

而且，做计划方便日后回顾起来，能很清晰地认识到，自己在这段时间里究竟实现了哪些突破，足以见证自己每一阶段的成长。

在日常生活和工作中，人们不妨学会制定计划，尤其在新年伊始时，更要制定一份计划。所谓"一年之计在于春"，想要把一整年都能很好地利用起来，无疑要在新年的开始，详细地规划一番。

曾有位哲学家进行过这样一个思想实验，名字叫作"无辜的威胁者"，具体如下：

甲抓起乙，朝着第三个人丙扔过来。此时有两种情况，丙可以用手里的枪将乙击落，也可以选择什么都不做。

当然，分别有对应的后果，一是丙为保全自己杀死了乙，一是丙什么都没做，可能会被乙砸伤或是砸死。

现在问题来了，如果你是丙，会为了顾全自己朝乙开枪吗？

其实，这个问题的落脚点是在乙身上。诚然，作为丙的我们可以秉着生存的权利将乙击落，但从道德感上说，乙毕竟是个大活人，就这么被杀当然会令人心生愧疚。

可是从本质上分析，为什么乙会沦为甲的"作案"工具，任人宰割呢？难道对于这样的结果，他就一点责任都没有吗？当然不是。

乙作为独立个体，有自己的思考和行为能力，但他却不去履行自己的独立职责，反而甘愿沦为甲的武器——也就是说，他没有为摆脱成为别人工具的命运而付出最大的努力，这是他的失责之过。

实验往往检验出人性，或是人的思想、行为、习惯。

在这个实验中，不难想象，很多人虽无害人之意，却最终逃脱不了沦为工具的悲剧命运。这是一种受人控制，没有自己思考的悲惨命运。

那么，乙为何会活得如此被动呢？很大一部分原因是因为他不擅长做计划，也就不会强迫自己进行思考。

不得不承认，很多事情是你在做的过程中，才会感知到它在一点点改变，而非你什么都不做，一下就能想到每件事物的走向，以及最后的命运。

如果是这样，干脆每个人都戴个墨镜，当算命先生得了。

做新年计划最大的好处，就是首先会给人吃片"安定药"，明确自己未来一年需要完成哪些事情，也能根据现实的情况，及时对计划进行梳理和调整。

最关键的是，它会让你成为一个主动的人，主动掌握工作，主动把握生活，乃至为自己赢得主动的人生。

爱默生说："一个人就是他整天所想的那些。"可见，做计划，对于人生来说有多重要。

纵然你的欲望再多，也一口吃不成个胖子，总要一点点按部就班地来实现。而计划，就是你合理分配时间的最佳武器，好好利用它，定会事半功倍。

7.将配角做到极致，才有资格做主角

你今天所做的这些微薄简单的工作，正是奠定日后
辉煌的基础。

有的人会有这种体会：我的学历、工作能力、行业经验等
各方面都不差，却为何总是找不到一份体面像样的工作？

我的样貌、身材、性格等综合分数并不低，却为什么总得
不到一个优秀青年的爱慕？

前几天，我遇到一位生意上的伙伴子菁，她从某所重点大
学毕业，五年多来挑战过多种职业，英文翻译、行政、策划、
销售，对每份工作都抱着非常积极认真的态度，却统统在不久
之后就对职位感到倦怠，再也不肯深入一分。

最严重的是，这五年来，她拼命地辗转在各个行业，如今
早已累得精疲力竭，却仍然没有得到自己想要的职位。

最终，她因为对自身的失望，不得不辞职赋闲在家。原本
想要弄清楚自己原地踏步的原因，却不想几个月时间过去，依
旧无所收获。

通过和子菁的交谈，我明显感觉到她对自己怀着相当高的期望，但是现实与理想之间的落差却给了她不小的打击。

她一再强调，自己该是舞台中央那颗闪耀的明星，而不该像个小丑一样站在灯光黯淡的角落。

我知道，她想要成为万众敬仰的主角，所以不甘心辛辛苦苦做着一份毫不起眼的工作，成为他人事业上的配角。

她说，之前做的那些工作都没什么技术含量，根本凸显不出她的优势。而再看看同龄人的事业已经做得风生水起，她不明白为何自己这样好强，最后却只能眼睁睁看着别人风光。

她也想过创业，可又担心自己一点经验都没有，到时候上当受骗弄得人财两空。

听了她这些话，我初步认定，她目前的心态正是人们常说的那种"眼高手低"——总感觉主角的工作很好做，而自己的工作没什么分量，所以也就提不起任何拼搏的斗志。

我又想到了前阵子在我的微信群里，曾有位朋友跟我抱怨，他们公司一个看起来什么都不会的人，居然深受老板的器重被破格升职加薪，而他这种既懂专业知识又拼命工作的人，却还是拿着一份死工资。

记得当时，我并没有明说什么，只是简单地宽慰了他几句。

事实上，我宁愿相信，那些我们所不服的人，往往有我们所未发现的特长。他们或者很会讨老板的喜欢，或者在别的什么方面独树一帜。毕竟一个老板能撑起一家公司，他总有我们未必能看到的眼光和能力。

公司想要快速而稳定地发展，老板就要对主要员工具备的能力了如指掌，对公司的发展运筹帷幄。俗语说，一个萝卜一个坑，没有难达成的目标，只有不合适的岗位安排。

每个人只要找到适合自己的位置，整个公司就会像运转正常的机器一样，安全、有保障地运行。

行军打仗需要统帅，也需要士兵——老板掌控着整个公司的全局，而对于员工来说，每个人都是战场上不可缺少的元素。虽然因为资历等各种因素，你暂时只做了队伍里毫不起眼的一员小兵，但并不代表你就是没用的。

不想当将军的士兵不是一个好士兵。但过犹不及，如果像子菁一样，每天只是做着将军的美梦，则很可能会懈怠自己作为小兵的责任和义务。

除非你有很硬的社会关系或者非常强大的天赋，否则我们大部分人刚刚走出校门去了一家单位，无一不是从最基础最简单的岗位开始着手的。

但因为对待本职工作的态度不同，有些人在磨砺了三五年后，顺利地走向了中高层，成为管理人员；有些人则还在原地踏步，对这个公司不满意就跳到另一家，对这个岗位不满意就换到别的岗位。久而久之，时间浪费掉了，能力却没任何的提升，更别提什么升入管理层，做主管和部门经理了。

就像吃一块大蛋糕，一口吞不下整层的蛋糕，做事也需要踏踏实实、一步步来。而你今天所做的这些微薄简单的工作，正是奠定日后辉煌的基础。

　　我始终不相信，一个连小事都做不好的人，将来有天可以做成大事，所谓"一屋不扫，何以扫天下"就是这个道理。

　　再看看那些顺利升职，获得梦想职位的人都是怎么做的吧。一开始，他们也只是在很平凡的职位，但他们从来不"眼高手低"，而是踏踏实实地在本岗位做出贡献，做出成绩。

　　渐渐地，他们掌握的技能越来越多，对业务也越来越熟练，不断地受到领导的表扬，领导自然愿意将更重要的工作交到他们的手上——就像上台阶，你想要站到最高的地方，总要一级一级地往上迈。

　　反之，没有能力站在主角位置的人，就算领导把重任交给了他，他也会因为能力不足而导致无法承担大任。

　　只有客观上承认自己与主角的能力有差距，私下里督促自己更加努力，想办法弥补自身的不足，而不是自怨自艾，我们才有机会站在更大的舞台上。

　　值得注意的是，并不是要你只把注意力放在"配角"的位置上，每天告诉自己只要完成自己的小事就行——而是在认真做好本职工作的同时，尝试着用领导的眼光看待问题。

　　比如，遇事多问问自己："如果我是领导，这件事我会怎么处理？"

　　我的另外一位朋友就很擅长这样做。结果，她总能很轻易地在工作中揣摩老板的心思甚至是心情，从而把每件事情都完成得相当出色，很快就被提升为部门主管。

　　这也正应验了那句"不想当将军的士兵不是好士兵"，在士兵的岗位上做出成绩，同时要学会站在将军的角度考虑问题，这才是聪明的做法。

其实，当你把自己定位成一名管理者时，你能想到的事情永远比普通员工多。你看待事情的时候，就会想得更长远，更细致，而不仅仅是把视线放在当前的位置。

如果能一直保持这样，你的能力就会渐渐得到提升，那么，升职加薪也就不再只是遥远的梦。

所以说，再也不要傻傻地抱怨自己是配角的命运，要知道市场需求决定存在价值，如果你真的很有能力，老板哪会对你视而不见？

职场如战场，没有永恒的主角，也没有一成不变的配角，只要你摆正心态，勤奋努力，将配角做到极致，终有一天会成为梦想中的那个主角！

8. 摆脱成功的头号杀手——拖延症

很多人享受于最后一刻实现目标的快感中，并把这
样的自己看成是天才。

"拍电影的最佳时间是二十年前，其次就是现在。"这是我
听过最令人心寒的一句话。"你原本可以成为更好的自己。"

八年前，我的一位大学同学婧也想跟我一起来大城市奋斗，
她很喜欢写作，梦想成为一位伟大的女作家。

可不幸的是，毕业那年的夏天，她的母亲突然查出癌症需
要住院。

为了照顾母亲，这位孝女寸步不离，甚至直到母亲出院后，
医生明确告之病人已无大碍，可以正常生活了，她仍不放心，
坚持要守在母亲身边，生怕再出现什么波折。

一年后，我有了固定的工作，算是在大城市稳定了下来。

那时候我很想婧，也还记得一起许下的心愿，就不停地打
电话跟她夸耀大城市的好，想吸引她早点过来跟我一起奋斗。

可是，她每次都会对我说同样的话："我现在不放心母亲，

作家梦嘛，再晚个几年也没关系。"

就这样一年两年，很多年过去了，如今她已经嫁到了外地，彻底成为一名家庭主妇，承担起了持家照顾儿女的职责。

现在我们依然会通电话，不过内容却完全不同了，她总会向我抱怨孩子有多缠人，做家务有多辛苦。

偶尔，她也会想起那个未能实现的作家梦，只是谈起时语气里已不再有兴奋，而只是感叹："如果当时听你的话该多好啊！"

是的，如果她陷入生活的泥潭，她的梦想几乎要靠下辈子才能去拼一拼了。她现在早已与文字隔绝多年，脑袋空空再也写不出满意的文字来了。

我的另外一位大学同学小颜，在北京这座大城市里奋斗三年后，突然萌生了想要开店创业的想法。

某天，他找到我，无比兴奋地谈起了他的大计划，说自己当老板会辛苦一点，可也能挣到很多钱，不用再看老板的脸色。

我仍然记得，当时听他讲完后为他高兴的心情。

然而两个月后，他却又告诉我，他已经放弃开店的打算，决定还是老老实实打一份工。

我问他原因是什么，他说开店太忙了，而且前期需要投入很多资金，现在他还没有成家，留着些钱还要娶媳妇呢。

听了他的话，我只能表示很惋惜。

前不久，小颜又来找我了，想跟我借点钱。

这个时候，他又很坚定地想要开店了，因为他的孩子正一天天长大，一份有限的工资已经满足不了他们一家三口在这座城市的开销了，他认定只有开店才能有未来，想开店多挣点钱。

但就在我把一万块钱交到他手上时，他却再次犹豫了：万一我开店失败了呢？现在我既没经验又没人脉……这次要是失败可比上一次更严重，上一次失败只是几年的工资打了水漂，这次失败可会连累一家人的温饱问题！

最后，他还是把钱还给了我，临走时喃喃自语地说着："等明年再说吧，明年我一定开店。"

望着他远去的背影，我心里充满了无奈。虽然不知道明年他会不会真的开店，但我想那个可能性真的不大。

有的人绕过此时的困难去做一件容易的事，以为到未来的某个时刻，做那件想做的事就会容易一些——却不知人生的每个阶段都有它的难处和困惑，下一个阶段并不意味着能比这个阶段有更多的幸运。

那些一味选择逃避的人，终究做了人生的失败者。

拖延拖延再拖延，轻松的只是推脱的那个当口，却不知道下一刻将更煎熬、焦虑、恐慌——你原本可以写出更精妙的文章，你原本可以画出更美的图画……你原本可以成为更好的自己，可是，你却统统没有。

拖延症之所以会存在，是人的一种本性。很多人享受于最后一刻实现目标的快感中，并把这样的自己看成是天才，无所不能。

在学校时，就有很多同学喜欢"临时抱佛脚"，总在进考场前的最后一刻去翻书本、背公式，特别是当他们还能取得相当不错的成绩时，就会产生学习不用太用功的想法。

同样，做别的事情也是如此。

可现实往往很残酷，偏偏很多时候"幸运之神"不会眷顾你——因为经验不足，准备不充分而导致失败的事例比比皆是。对工作常常这样，就会让老板对你产生不努力、不积极的印象，久而久之，离被开除也就不远了。

要相信，费尽苦心得到的结果和只准备几小时做出的成绩，是完全不一样的，大家也都能感觉到。如果只是简单准备了就一切都能做好，那所有的事情都不必如此复杂，成功也就能轻轻松松得到。

有执行力的人才有未来。

从现在开始，看准目标，即刻出手，告诉自己别再过侥幸的人生，别再拖延现在丢了未来。

第三章

想要过好的生活，就要付出与之匹配的努力

· 要做就做一个优秀的人

· 好的人生是要对自己有所要求

· 做一个生活的行者，永远行走在路上

· 你之所以还没成功，是你没有去做更困难的事情

· 努力才叫梦想，不努力只能叫空想

· 只要还有梦想，你就还有青春

1. 要做就做一个优秀的人

这个社会对于真正有才、有能力的人，不会轻易弃置一边的。

最近发生了两件事，让我颇为感慨。

第一件事是几乎在同一时间，微信中的两个公众号分别发出一条"求救"的信息，只不过一个是公众人物，另一个是如你我一般平凡的小人物。

前者的求助信息是，主人公的儿子在某座城市未能找到合适的学校入学，虽已做过各种努力却还是没能如愿，所以希望微信众多粉丝、好友能出手相助。

后者的求援信息性质似乎更严重些，是某位网友发现家中患有老年痴呆症的姥姥于近日在家附近走丢，交代了样貌、特征、年龄，然后留下电话期望得到爱心人士的有效线索，同样承诺找到人后将予以答谢。

两天以后，极具讽刺性的结果出现了：微信大号的孩子已经背着书包，开开心心地上学去了。微信大号还特发文对向她伸出援手的朋友表示感谢。

而那位急于寻找亲人的网友，却再没发出任何有关其亲人下落的文章，那篇寻人文章也不过只有寥寥两位数的阅读量。

为什么会产生这样的后果呢？

道理很简单，微信大号的主人作为社会公众人物，单篇文章的阅读量在几十万乃至数百万之上，自然方便更多的人看到这篇消息，能够及时获得更多的有效帮助；而普通网友发出的帖子虽然性质严重，大家却不太关注，点击量就不高，自然提供不出太多真实可靠的信息。

所以，让自己变优秀是多么重要的事情——优秀的人，能掌握更多的人脉信息。

第二件事是前阵子某档辩论节目出了一个辩题："交朋友需不需要门当户对？"

现在这个社会，尤其是在大城市，每个人的时间都很有限，用来交际的时间更加匮乏，人们将更多的吃饭、聚会、聊天，是为日后相见再合作的利益来做安排。

很久之前，人们谈论"门当户对"还仅仅停留在结婚对象的选择上，而如今，已经不可避免地扩大到了交友的范围——这是情有可原的。

首先，只有和那些同自己身份、地位、能力平级的人交往，才不会觉得过于自卑、自大，同时相互之间也能听懂彼此的话，不用鸡同鸭讲，可以更好地交流，获得情感上的沟通。

这就是为什么优秀的人身边也会是一些优秀的人，而平庸的人身边则聚集着一些没什么特色的人。

人生在世，抱着济世救人心态，愿意无私地把自己的光辉分出一点，让别人获得温暖的人并不多。更多时候的交际，是基于共同利益、爱好、志趣而情投意合。

几年前，我曾在某电视台工作，那时很想成为一名编剧。因为做节目的缘故，我偶然间认识了一位公众人物，找到机会跟对方交换了名片，然后很诚恳地邀请对方吃饭。

可能是出于礼貌的关系，她很客气地收下了我的名片，并且向我投来温暖的微笑。那一刻，我的内心犹如春暖花开，走出公司大门时都还是一副喜气洋洋的样子。

没过多久，因为工作发生变动，我离开了那家电视台。

某一天，我刚写完一部剧本，忽然想到了那位公众人物，于是找出名片赶紧给对方拨电话。

我怀着激动无比的心情等待着，接通后听到电话那头"嘟"了一声，就被粗暴地挂掉了。然后我不死心又继续拨，又被拒接，再打过去，对方就关机了。

放下电话的那一瞬间，我的内心充满了挫败感，这才明白：原来我视为珍贵的见面机会，却是别人根本不想蹚的浑水。而如果我的身份是一名业内很有名气的编剧，还会遭到这样的待遇吗？

显然不会！

就像做买卖，讲究的是公正、公平的等价交易，一手交货一手交钱。也许有的人心里会感到委屈，可是想一想，别人的时间也很有限，为什么要拿出时间来白白为你提供经验，提供人脉？

再者，那些已经取得成绩的人能有今天的成功也很不容易，是经过了多年的打拼才换来的，谁也不知道他们当年吃了多少闭门羹。

在黎明之前，每个人都是独自在黑暗中摸索前进的，都有过脆弱到想要放弃的时刻，都有过挣扎纠结的时候，但那些优秀的人总会坚持下来，并最终站在比普通人更高、更远的地方。

不是每个人都要站在同一个高度，但为了自己的前程至少要去闯一闯，试着做一个比昨天的自己更加优秀的人。

不可否认，我们谁都喜欢接近优秀的人。

但是，优秀的人更多时候会和优秀的人在一起，正如那句俗话说的："物以类聚，人以群分。"只有资源、条件对等相符，你们之间才有可能互相帮助。每个人都不是慈善家，没有那么多的时间花费在没有交集的人身上。

很多社交其实没有什么用，只是打发了时间，安慰自己要到了一些所谓大咖的电话，跟别人搭了几句话，合了几张影——归根到底，你还是别人的陪衬，没有走进人家的生活。

而那些真正优秀的人，就像太阳一样，不管走到哪里，身上都会散发出耀眼的光芒。这种独特的魅力，使他们往往不用过多招摇，就能吸引来很多的人脉与资源，继而供自己使用，让自己变得更加强大。

当你足够优秀时，一定会有好的出版社上门找你签约；当你足够优秀时，一定会有好的唱片公司邀你发唱片；当你足够优秀时，一定会有好的画廊请你开办画展……这个社会对于真正有才、有能力的人，不会轻易弃置一边的。

所以，当你还不够强大时，不要花太多时间在无用的社交上，而要多花点时间读书、提高技能、增加经验。想要认识、结交优秀的人，只有一条靠谱的路，那就是先让自己变得强大起来。

不管何时，请一定记得，人脉不在别人身上，而在你自己身上；认识的人多并不代表你的人脉有多广，因为在你还籍籍无名时并无法将这些人脉转化成现实的朋友，也无法像朋友那样平等互助。

做一个优秀的人，你将拥有更多的机会。

2. 好的人生是要对自己有所要求

年轻时的迷茫并不可怕，年老后的忏悔才最难过。

前不久和小学同学聚会，因为太久没见面，席间大家都有些激动。

正聊得起劲时，突然一个同学问，怎么那个老调皮捣蛋的副班长没有来，好久没见了。

这句话像一颗炸弹，顿时在人群里炸开了锅。此后的一个多小时，话题突然变成谈论这位小学副班长，每个人似乎都有一肚子的话要说。

在同学们断断续续的描述中，我渐渐摸清了这位同学的去向：副班长从小就是个调皮捣蛋的孩子，他没有一门自己喜欢和擅长的功课，之所以能成为副班长，完全是因为他父母跟校长有关系。

后来，大家上了不同的中学，就不再经常见面了。这位副班长因为不爱学习，没有读完初中就辍学回家了。

当时，因为年纪太小，他也不晓得自己喜欢什么，能干什么，就去亲戚的皮衣厂里当了三年的学徒工。

20 岁那年，稍微成熟一些的他，终于意识到了做皮衣不是他的梦想，于是再一次不顾家人的劝阻，辞职南下。

到了新地方，他又有了新的困惑，当下火车的那一刻他才恍然大悟：自己并没有想好能做什么。

没有学历，没有相关的工作经验，他只能选择门槛不高的工作好养活自己。

最初的一年，他做汽车销售，因为业绩不佳被领导开除；后来又去做电话销售，因为不耐烦，总是会跟客户在电话里吵起来，再次被开除。

就这么晃晃荡荡地，一直到去年，他还是没有找到真正喜欢的事业。

这是一件多么可怕的事情——一个人把自己活成了一个足球，任由别人在脚下踢来踢去。

后来，我终于知道为什么这次同学聚会他没来了。其实，负责人很早就联系到了他，不过他总是以各种理由搪塞和推脱着，终于没有参加。

大家都说，或许他觉得自己一事无成，所以不好意思前来。

听到这里，我不由得想到时下一些刚毕业的年轻人，因为对未来感到困惑、迷茫，所以总是问一些微博大 V，年轻人应该干什么才不会后悔。

这是一种好现象，即便他们尚未找到自己的定位，至少懂得要开始思考了。

年轻时的迷茫并不可怕，年老后的忏悔才最难过。

那些总觉着自己还年轻而得过且过、混一日是一日的人，可以想见，等他将来老了，必定会为自己虚度了时光而忏悔，而自责。

汪峰唱的《生来彷徨》并不令人惋惜，他要是唱老去彷徨才是真的凄凉。每个人生下来都不会先知先觉，对前途感到迷茫是很正常的表现。

但在该知道要干什么的年纪还蹉跎、彷徨，到年老的时候就很难再有实现梦想的机会了。

就像这位副班长，如今大家都已是奔四的年纪了，他却仍然没有找到一份值得为之奋斗终生的事业。可想而知，他的内心该有多么煎熬，人生该有多少困惑。

虽然，人们总说无论何时开始都不晚，但总要早点明确目标，在年轻的时候奋斗起来才更有干劲啊！

小敏今年 32 岁，没有男朋友。如今她已经不太敢随便回家了，她知道，在没有成功找到一个男朋友前，回家无疑会持续面对七大姑八大姨的责难。

其实，她并非奉行单身主义，也并没有任何生理、心理上的问题，甚至还非常想交往到男朋友，但她这么久了为什么都没有谈过一场像样的恋爱呢？

跟小敏接触以后，我很快就找到了问题的根源——她的单身，"得益"于她对异性太没要求。

前阵子，同事为她介绍了一个眼镜男，重点大学毕业，性格有些暴躁，和小敏刚结识了一天就再也不联系了，原因是那个眼镜男觉得小敏脾气古怪。

其实，并不是小敏脾气古怪，只是因为她缺乏恋爱经验而不懂得男人的心。

后来，家人又帮她介绍了一个理科男，是一家公司的技术部主管，性格比较木讷。

原本，家人想着这个男孩只是有些内向但人不坏，他俩一定能修成正果。

孰料，一个礼拜后，男方主动提出了分手，理由是小敏不会撒娇，一点都不可爱。

当问起他们之间的相处状态时，小敏淡淡地形容说："我也不爱说话，两个人坐在一起都像定海神针，两根木头。"

我问小敏："那你对男朋友没有最基本的要求吗？"

小敏愣愣地摇摇头。这是我第一次知道，一个人对别人没什么要求时，反而更容易一事无成。

可以想见，她一生中最适合谈恋爱的时光，都被无情地消耗掉了。

当一个女人对自己各方面要求很细致时，她很容易成为一个精致的女人，要么装扮精致，要么生活精致。

而当一个人对万事万物都马马虎虎，没有追求，也没有目标时，则很容易陷入一塌糊涂的境地，乃至一事无成。

所以，不管是对职业前景的规划，还是对未来另一半的要求，我们都应该树立一个准则，对一切有所要求。

不可否认，在这个世界上，人人都想过上很好的生活，都想鹤立鸡群，成为最光鲜、耀眼的那个。但真正能够实现心愿的人，永远是那些对自己有所要求的人。

只可惜，太多人想要的太多，自我要求却太少。他们日复一日地随波逐流，活在别人对自己的评价里，就像一个被迫旋转的陀螺，要靠外力的作用才能正常地工作。

赶快醒醒吧！

几乎找不到一个地方，会愿意接受生无所求的人。

想要靠自己过上完美的生活，就从此刻开始，多读书，勤思考，掌握一门生存的技能，做一个有追求的人吧！

3. 做一个生活的行者，永远行走在路上

> 拉开窗帘让阳光进入房间，是一件简单而美好的
> 小事。

今年的奥斯卡颁奖礼上，有一部影片引来盛赞。它并不是帮助莱昂纳多夺得小金人的《荒野生存》，而是一部并没有知名演员参演的电影，讲述了一个女孩被邻居所骗，之后被囚禁在一个狭小房间里长达七年之久的故事。

这部电影的名字，叫作《房间》。女孩乔伊被一个叫"老尼克"的男人囚禁在一个棚屋里，长达七年之久，期间她独自承受了许多非人的折磨，还生下一个男孩杰克。杰克从一出生就活在只有房间大小的天地里，他以为那就是全部的世界。

乔伊在有限的房间里，竭尽所能为儿子创造了一个开心、舒适的环境。在杰克度过了五岁生日后，她尝试着向他描述外面的世界，以及她如何被老尼克囚禁在这里的事情，等等。

后来，她想出了一个逃走的点子，但她只能通过从未走出过房间的小杰克来帮助自己。他们成功了，终于逃了出去。

虽然他们从物理的空间逃离了，但是七年囚禁的心理幽闭却一时很难摆脱。乔伊出来后，无法接受周围的一切变化以及来自别人的眼光，杰克在一下子变得开阔的世界中也很难适应下来。

命运又一次需要他们母子艰难地从内心的牢笼中挣脱出来。

终于，聪明勇敢的杰克最先战胜了自己，也帮助想要自杀的母亲走出了心理阴影，找回了自己的位置。

电影想表达一点：没人能独自坚强。杰克的母亲，想给孩子一个光明美好的精彩世界，但也是依靠儿子才得以逃脱和活下来的。

相比之下，很多人有人身自由，身体健康，却将自己封闭在一个狭小的空间，不愿意走出去多了解一下外面的世界。

拥有的时候，我们都觉得稀松平常；失去的时候，我们才觉得弥足珍贵。

我认识一个姑娘，她终于在 35 岁的时候谈了恋爱，而且还是第一次谈恋爱，可见她遇到现在的男友多么不容易。

但是不久之后，她就发现自己并不喜欢面前的这个男人。她想要分手，可又想再看看对方的表现。

听了她的话，我感觉这个男人已然成为了一块鸡肋，"食之无味，弃之可惜"。此时此刻，这个男人无疑就是圈住她的房间，她很想去看看外面的风景，可是又眷恋房间内的安全。

我知道她有着顾虑，觉得自己年纪大了，家里给介绍一个对象也不容易。最重要的是，就算放弃眼前的这一个，将来也不一定就能找到彼此喜欢的人……于是，她虽然感到不满意，却还是说服自己勉强接受了对方。

后来，每次我们见面聊天，她嘴里全部是对那个男人的不满，她彻底成为了一个怨妇。

朋友小 M 每个周末都会提前做很多预想，但计划都很好，却从未实现——

快到周末的时候，就传来她意气风发的声音：这周要去爬香山，这周要在山坡野炊，这周要去划船享受春天的美好，这周要去商场买时尚的衣服，装扮自己……

可是每个周末，她都是睡在床上度过的。用她的话说，就是工作了五天很累，周六休息一天很正常吧？然后要洗衣服要收拾屋子，所以又需要周日一天时间。

慢慢地，朋友们再也不主动联系她了，都知道她是那种口头上答应比谁都痛快，行动起来却极不利索的人。

小 M 明明可以走出自己习惯的房间，按照她的计划体验精彩的人生，却每次都临阵脱逃，在被窝中打发一个个原本可以很丰盛的周末。

在工作中，我当然懂得每个人相对都不太自由，可每周的休息日，有些人却能过得丰富多彩，郊游、运动……有些人却像小 M 一样，把自己圈禁起来，随意浪费自由的时间。

当我们最初来到这个世界的时候，充满期待地同这个世界问好，却为什么后来不努力尝试一种全新的人生？

有的人像小 M 一样习惯了宅在自己的小空间里，不关心周遭的变化；有的人会委曲求全，暂时隐忍于目前的工作、婚姻、家庭中，不愿走进更大的天地。

可是将无比珍贵的自由花在无聊、空虚、没有意义的闭塞生活中，毁掉的将是自己的整个人生。

说到底，人终究还是社会性的高等群居动物。我们来到这个世界的最初，成长在社会的最小单位——家庭，身边有父母及其他亲人；上学时有老师同学，参加工作后有领导同事……

当然，我们每个人也都需要独立的空间，一个人待着的时候，似乎更容易想清楚一些问题。可这样的时间注定不会太久，更多的时间需要我们走出房间，那样才能看清楚更多的人与事，也才能解决更多的问题。

常言说："读万卷书，行万里路。"我知道，很多人一生也走不了那么远，那么长，可是只要活着，总该主动去面对这个鲜活的世界，与周遭的一切接触，看看山，听听风，一路走走停停，领略不同的风景。

拉开窗帘让阳光进入房间，是一件简单而美好的小事，打开房门走出去同样如此。下雨天被迫堵在路上的人们，能临时找到一片屋檐躲雨，就是他们感到最为幸福的事。

在很多时候，我们都喜欢这种安全感，渴望能有一个避风港，洗去一身的风尘仆仆。可偏偏有些人忘记了，休憩总是暂时的，保持行走才是生命的本质。

休憩、蛰伏，往往是为了更好地前进。

很多人想改变世界，有所作为，那么，首先我们要学会抛开心中的恐惧和不适，让自己成为一个行者，永远行走在路上。

4. 你之所以还没成功，是你没有去做更困难的事情

> 不想办法去克服和改正自己的缺点，这比缺点本身更可怕。

有这样一则故事：有一天晚上，突降大雨。一位年轻人正准备上床休息，这时候外面响起了敲门声。年轻人开了门，出现的是一位老者。

此时这位老者全身已经湿透了，他哆哆嗦嗦地请求年轻人能让他在屋里待一会儿。

年轻人答应了他，还往火炉里扔了一些柴火，使得满屋子都暖和起来。

老人在火炉旁坐下，年轻人转身给他拿了一套自己的干净衣服，让他换上。趁老人换衣服时，年轻人还为他热了饭菜，并煮了姜茶。

见年轻人如此知书达理，老人表明了自己的身份，说他是上帝，还向年轻人承诺，这辈子他会有一位漂亮的老婆，并且

会成为远近闻名的有钱人。

老人走了之后，年轻人对自己的前途充满信心，就好像所有东西已经得到了一样。

然而事实却并未如此，一直到他老了，他也没见到上帝向他承诺的一切。

相反，他还娶了个非常丑的女人。他还比较孤僻，除了这个镇子上的人，再没有别人认识他。至于有钱那更是天方夜谭，他们一家甚至经常还会处于断粮的状态。

后来，这位当年的年轻人死后来到了天堂，第一件事就是质问上帝为什么骗他。

上帝微笑着对他说："你记不记得有一年粮食大丰收，家家户户都装得仓满库满，粮食的价格降得很低，可是邻县却大面积歉收，以至于粮食价格飞涨。这些你都知道，如果当时你不是害怕吃苦，将粮食运到邻县去卖，你会得到很多的钱财。

"用这些钱财去做点生意，要不了多久，你就可以成为有钱人。然而你并没有那么去做，而是无动于衷地守着那些吃不完、最后都发霉了的粮食，所以你失去了发财的机会。

"还有一次你们那儿发了洪水。洪水退了之后，很多人都无家可归，可是你却并没有遭到很严重的损失，这时候有人建议你利用自己的房子暂时安置一些难民。可是你却拒绝了，因为你认为安置他们是一件不可能完成的任务。然而正因为如此，你失去了成为受人敬仰的机会。"

上帝顿了一下，继续说："你肯定也不明白，为什么你的老婆没有我说的那么漂亮。如果你还记得的话，在你二十岁的时候，在你家门前，你遇到了一个美若天仙的少女，并从此对她念念不忘。

"可是你却不敢主动上前打招呼，以至于机会慢慢溜走。我现在告诉你，那位少女其实当时也对你一见钟情，只要你当时主动一点，她就会是你的妻子，而你却没有勇气迈出这一步。"

说完这番话，上帝反问他："那么，你现在还认为是因为我的原因，所以你的一生才碌碌无为的吗？"

那个年轻人面露尴尬，不知道该如何回答。

如果你想要成功，唯一可行的办法就是立刻行动起来，以积极的心态去迎接人生的每一次挑战。

上帝不会无聊到随随便便就让你陷入困难之中，这世界几十亿的人口，并不是每个人都能被他发现。如果有一天被他发现了，不管他给你什么，成功或者失败，顺利或是挫折，那都是人生最宝贵的财富，并能照亮你前进的道路。

我有个大学同学珺华，人很优秀，学习成绩也好，女人缘也好到让人羡慕。

然而，就当大家都甜蜜地谈起恋爱的时候，他却一直是孤家寡人——他并不是没有喜欢的人，恰恰相反，只是因为他不敢表达。

原因何在？珺华有一点自卑。

自卑的理由是因为他有点胖，对自己不自信。这样一来，他自然不敢去表白。

　　看到室友都成双成对的，有一段时间他特别消极，整天躲在宿舍里玩游戏，一玩就是一天。

　　后来，珺华励志要减肥。

　　身边把减肥喊作口号的人多了去了，大多数人只是在最初时斗志昂扬，但最后都以半途而废告终。所以，当他说出要减肥的时候，全宿舍的人不以为然，甚至有人还当面和他打赌，说他坚持不了十天。

　　对于室友不相信的态度，他选择了沉默，并断然拒绝了打赌，这让室友更加确信他肯定坚持不下去。

　　从那以后，没有课的时候，原来整天赖在宿舍的珺华再也不见了踪影。

　　经打听才知道，他在学校附近的健身房办了张健身卡，每天雷打不动要去锻炼两个小时。

　　这样还不算完，两小时锻炼结束之后，他还会到操场跑两圈，然后才大汗淋漓地回到宿舍。

　　一天，两天，三天，十天，十五天……所有人都没有想到他竟然会坚持这么久。当发现他的身材有变化的时候，我们才知道他的坚持是有回报的。

　　他有时候也会向我们诉苦，说锻炼结束之后，经常恨不得把腿搬到肩上扛着走，腰酸背痛手抽筋，第二天起床都费劲。但是诉苦归诉苦，说完之后第二天，他还是会去健身房锻炼。

　　四年的大学生涯，我见到的最成功的励志传奇就是珺华的体重在一斤、两斤、十斤、二十斤往下掉的样子。

三个月以后，他成功地减掉了二十五斤的肥肉，活脱脱变了一个人。

当他向我们宣布成果时，那绽放出灿烂无比的笑容，是我至今都难忘的一种快乐。这种快乐肯定是发自内心的。

当你全力以赴完成了一件在别人看来不可能完成的任务时，你曾撒下的汗水会散发出耀眼的光芒，指引着自己前进的步伐——就像是我们精心培育的幼苗，经历了诸多风雨之后，终于开出绚烂无比的花朵。

这其中的艰辛别人不会注意，你只有一个人挥汗如雨，兢兢业业地努力着。但是当花朵开放的时候，你会给艰苦的过往一个大大的拥抱，在那一刻，幸福的泪水会去洗刷你所有的委屈、挣扎和煎熬。

奋斗是这世间最美好的过程，不是吗？不管这个过程多么艰难，只要你挺过去了，就能得到你想要的结果，你在那一刻会认为自己的所有付出是完全值得的。

是的，我们每个人身上都有缺点。

我们不够优秀，没有漂亮的学历和简历；

我们能力不足，有时连手头的任务都没有及时完成；

我们不够聪明，很多简单的问题都找不到解决办法；

我们不懂得爱，至今还独自品尝着孤独……

这一切都不可怕，但不想办法去克服和改正自己的缺点，这比缺点本身更可怕。这样的你只能安于现状，不敢为自己的未来多做那么一丁点的付出。

美好的东西总是需要追求的，正因为它不可能轻易得到，所以才显得难能珍贵。

想要得到，那就必须付出相应的努力和辛苦，可能其中的过程比我们想象的要难，但是你要知道，你走出去的每一步，都比你现在原地踏步要强上千倍万倍。

生活从来都不是一帆风顺的，如果你战胜不了它，最终只能做它的俘虏。现实很残酷，命运多艰难，唯有投入其中，你才能寻得机会。

5.努力才叫梦想，不努力只能叫空想

所有的梦想都需要有个依托才能发挥光芒。

有一个贫穷的年轻人梦想着有一天能够成为富翁，过上富裕的生活，然而一直不能如愿。

为此他特别苦恼，不知该怎么办，于是他每天都跑到教堂祈祷："上帝啊，请看在我如此尊敬你的分上，让我中一次彩票吧！"

日复一日，年复一年，也不知道过了多长时间，他蹉跎成了一位中年人，生活依旧贫困。

这天，他如往常一样，来到教堂祈祷。可能是他越想越委屈，最后变成了抱怨，抱怨他虔诚了这么多年，却还是不能得到上帝的垂青。

上帝听了他的话，气不打一处来："我倒是想实现你的愿望，但你至少先去买一张彩票吧？"

很多人通常都把它当作笑话来听，但是听完笑完之后，我们是不是该做点思考：这位年轻人渴望成功，但至少要迈出成

功的第一步。

　　每个人都有自己的梦想，只是梦想或高深或简单，或惊世骇俗或平淡无奇。不论什么样的梦想，坚持下去我们就能离它越来越近。你努力了，尽力了，即便最终没有成功，也会得到莫大的收获。

　　然而，如果你空有梦想而没有一点实际行动，那么最终它也只是海市蜃楼罢了。

　　别说天上不会掉馅饼，即便掉了，你又怎么能确定正好落在你头上？要是明知道馅饼就掉在离你不远的地方，你却没有伸手去够，还能抱怨梦想遥不可及吗？

　　其实生活中有很多这样的人，他们或者好高骛远，觉得现在的生活不是自己想要的；或者被动应付，在生活的重压下苟延残喘；或者迷茫无助，不知道到底该怎么过好自己的一生。

　　这样就会出现：好高骛远的人，不屑于当前的努力；被动应付的人，不敢做出相应的努力；迷茫无助的人，不知道从哪努力。

　　但是，不论何种原因，最后的结果都是将自己的梦想放在一个无人知晓的角落，然后伴着岁月的伤痛喝个烂醉，生怕醒来之后看到狼狈不堪的自己。

　　生活不会完全按照我们想象的模样来展现，所有的梦想都需要有个依托才能发挥光芒——这个依托就是努力，实实在在、看得见摸得着的努力。

　　上大学的时候，有幸到一家电视台实习，在那认识了一位化妆师——小彤。

小彤不仅人长得漂亮，化妆也非常出色，而且还很勤奋。

有一天，台里要做一位明星的专访，听一些老员工说这位明星脾气非常大，相当难伺候，所以很多人都避之不及。最后台里让我们两个人顶了上去，全程陪同。

最初我提心吊胆，心想，千万别因为得罪明星失去了这次实习的机会。小彤倒很淡定，听到这个消息的时候，继续擦拭着她那一天不知道要清理多少遍的粉红色化妆箱。

陪同工作的第一天早晨，我们五点半就来到了这位明星的房间。我们到时，这位大咖已经开始工作了。见她边工作边敷面膜，小彤便小声提醒她说："面膜要躺下敷效果才能更好。"

然后，小彤一边打开她的化妆箱，一边向明星解释："您的皮肤水分很充足，但是您的面部轮廓有向下走的趋势。如果站着敷面膜，只会越来越严重，但是以后您稍加注意，躺着敷面膜，要不了多久，皮肤自然又会恢复之前的弹性了。"

小彤有个习惯，每天晚上她都要对第二天的工作进行梳理，而且非常详细。只要她在场，几乎不会出现任何意外。

有一天早晨，那位明星开始不配合了——小彤在给她化妆的时候，出于个人喜好，她拒绝用某一款发胶。

为了说服她，小彤再一次展示了自己的专业和细心，说："老师，我是您的粉丝，知道您喜欢用什么牌子的发胶。我之所以向您推荐这一款，是因为我昨晚看了下今天的安排，外景相对多一些，而且天气预报说今天的风有可能很大，不太容易能固定住头发，而这款正是专门应对这种情况的。

"您今天要换好几套衣服，使用这种发胶也可以让改妆变得容易些，这样也能节省您的时间。"

听完这话，这位明星便不拒绝了。

事实上，正是那天这位明星的出色发挥，才让这档节目提前两天录制完毕。这其中的功劳虽然大家不说，可不得不承认和化妆师也有莫大的关系。

后来与小彤聊天，才知道她的家庭条件十分优越，完全没有必要从事现在这种每天被人呼来喝去的工作。可是为了实现化妆师的梦想，她放弃了原有的舒适生活。

小彤上大学的时候，在父母的要求和期盼下，被迫选择读了管理专业。毕业以后，父母希望她能接受更加先进的管理学教育，学成之后能快速接手家族企业，所以送她出国留学。

然而这次她却违背了父母的意愿，毅然决然转到了化妆设计系。为此，父母对她进行了整整一年的经济封锁。

这一年，她辗转在各个兼职岗位，从家教到图书管理员，从倒卖小商品到洗盘子，反正能想到的兼职她一个都没有落下。

小彤哪做过这些啊？看着她近乎自虐的样子，父母终于妥协了，同意她去实现自己的梦想。

研究生毕业后，她回到国内。父母要给她成立一个工作室，可是她觉得自己现在经验不够，拒绝了这一帮助。

后来她就开始四处接活，综艺节目、影视剧组等各种活动，甚至包括一些聚会，她都不会放过。再后来，听说这个节目的化妆师在业界非常出名，她又跑过来免费做了实习生。

与小彤聊天的过程中，她说的最多的一个词就是"梦想"。每次说到这个词的时候，她眼神中总是熠熠发光，可见她对梦想的热爱。与此同时，这几年她做的最多的事情，也是为了实现梦想而积蓄能量。

实习结束的时候，她用很文艺的语调对我说："生活之于我们有太多的艰难，梦想之于我们有太多的美好。人生总是这样的，在追逐梦想的途中悲喜交加。有梦想的人总是幸福的，能为梦想全力以赴的人则是最幸福的人。我还算幸运，这么多年来始终没有放弃梦想，并开始可以捕捉梦想的影子。"

有些年没联系了，我想现在的她，该是最幸福的人了吧。

6. 只要还有梦想，你就还有青春

青春就是拿来折腾的！

我认识一个"90后"作者，说他是作者似乎不太恰当，因为他真正的职业是一家年营业额能达到几千万的培训公司老总。

他并不是富二代，他的家庭条件甚至还不如普通人家，那他是怎么走到今天的呢？有一次，和他聊天，我问了他这个问题，他讲述了自己的故事。

他从小就有一个梦想，希望以后可以环游世界，至少也要到外边的世界去看看。而如果想要实现这样的梦想，他就必须要学习英语。

小时候他家里很穷，一年到头所有的收入就靠十几亩庄稼，以及父亲隔三差五做一点零工挣的钱。用他自己的话说，看到别的小伙伴吃棒棒糖，他都要羡慕半天，能吃上一碗泡面那还得是在他生病的时候。

在这种情况下，他能接触到的所有英语知识，只能来源于英语书本。

一学期下来，他的英语书是全班同学中最破破烂烂的，书本里的每一页，他几乎都能背下来。但这些并不能满足他的渴求，为了能够买新的英语书籍，从初二开始，他就利用假期给别人打工。

最初所有人都不愿意用他，觉得他年龄太小，可架不住他软磨硬泡，一个包工头答应了他。他说那是他的第一份收入，一个暑假挣了一千块钱。

就这样，他开始了假期的打工生涯，从初中一直到大学。

大学毕业以后，他找了一份英语培训的工作。

为了方便上班，他在公司附近租了间房，他说："房间也许是许久没有人住过了，灰尘弥漫，又潮又湿，我不得不一遍又一遍擦拭床铺，花了数小时才把地板和洗手间清理干净。

"那间房子仅仅能放下一张床，墙壁破损不堪，没有书柜和衣柜，没有卫生间。每次上厕所，我都要跑到巷子对面的公共厕所去。"

最初收入不高，他却做得很起劲，总觉得这也许就是自己最想做的事情。然而时间长了，他开始迷茫起来。

难道生活就这样了？没有太大的压力，也不用太多的激情，每天都是人来人往，平平常常，似乎这样的生活还不错，至少不像以前那样因为想买本书就要花费整个假期去干苦力。

在一次与朋友聚会的时候，大家都喝得酩酊大醉，开始纷纷抱怨工作，抱怨生活，似乎除了自己，这世界上没有什么是不被抱怨的。

他就这样听着。其实他也想抱怨，只是那些陈词滥调被反复咀嚼无数次了，他实在提不起兴趣再说一遍。

就在大家发各种牢骚的时候，突然有一个念头从他脑子里一闪而过："我天天抱怨，天天发牢骚，因为这根本就不是我想要的生活。从小到大，我一直都在为自己的梦想做着准备，这时候反而忘记了，我现在竟然变成了混吃等死的人！"

第二天，他就辞了职。

可梦想归梦想，他想环游世界，可现实却是——他兜里的钱也许都不能让他走出本省。怎么办呢？他唯一的优势就是英语了，那就开办英语培训班。

大学四年，每个假期他都开设培训班，所以现在也算轻车熟路。培训班开起来了，没有学员，他自己买来白纸，自己画海报，做宣传小册子，挨个学校去发。

为制定培训计划，他根据自己在学习英语的过程中出现的问题没日没夜地思考，前前后后做了二十多稿讲课方案才满意。

刚开始没有老师，他自己教，规模大了一点之后，他用办培训班的大部分收入聘请了一些大学老师。

这样做了两年后，他的培训班慢慢地在培训市场上站稳了脚跟，这时的他，开始为梦想做一些切合实际的动作了。他对我说，他要想办法让公司在没有他的情况下顺利运转，这样他才能在每年给自己放几个月的假，出去看看。

今年他走出去了，一个人，先是在东南亚转了一圈，接着又转了西欧的很多国家。

回来之后，他给我讲了很多惊心动魄的事情，还给我讲了接下来几年的计划——从南极到北极，从东半球到西半球，大大小小的地方都列了个遍，很多地方甚至是我连听都没听过的。

我知道即使这些地方都去过了，他还是不会满足——有生之年，条件允许，他肯定会来一场环球旅行。

我们都有过不同的梦想，一路走来，在与这个世界一次又一次抗争的时候，我们变得胆小，敏感而不知所措，于是丢丢捡捡，成了一个不敢做梦的人。

当有一天走不动了，回首往事，才发现原来这辈子什么都没做：那个你喜欢的女孩，你没有勇气去表白；那个年少的梦想，你把它丢在了角落；那些曾经的美好，在半道就离你而去。

你眼泪纵横地看着这一切，痛惜这失去的一切，才发现自己落入了生活的圈套。而规避这个圈套原本是很容易的，容易到你仅仅需要把你的梦想当作抵御现实的武器就好了。

梦想之所以抵抗不了现实，是你没有给梦想足够的勇气，轻易放弃了抵抗，让梦想被现实包围了。你完全可以带着梦想突围，然而你却早已变了节。

青春就是拿来折腾的！如果你在年轻的时候就选择了一成不变的生活，没有理想，没有追求，唯一的想法就是盼着早早下班，以便能躲在自己的世界里，那么与白活一生有何区别？

趁自己还年轻，还折腾得起，想想最初的梦想，然后去把它们一个个捡拾起来，不要放弃那些梦想带给我们的美好。

第四章

不能因为一两次的不如意，
就彻底放弃了改变的勇气

· 真的勇士，敢于早起面对每一天的日出

· 很多事不怕难，只怕你不肯坚持到最后

· 紧随世界的脚步，用力奔跑

· 就算摔破了膝盖，也要多拼几次

· 不逼自己一次，你永远不知道自己可以成为谁

· 梦想从不属于那种轻易就说放弃的人

· 没有可以抛弃的梦想，只有抛弃梦想的人

· 坚持努力，变得优秀，总有一天会看到光明

1. 真的勇士，敢于早起面对每一天的日出

通过早起这种方式来修炼自己，是从容应对生活的
开始。

不知从何时起，悲哀地发现自己已能适应伸手不见五指的
黑夜，却接受不了阳光照进窗台的清晨。

并不是我不喜欢白天，鸟语花香，阳光和煦，很多美好的事
物都与白昼有关——而不喜欢清晨的原因，是惧怕白天的来临。

这座城市总是那么步履匆忙，每天第一声的鸟鸣，都淹没
在了匆忙奔赴上班路上的慌乱中。

以前看到科比在接受记者采访时，很自信地说自己知道每
一天洛杉矶凌晨四点半的模样。我想，任何人听到这句话的第
一反应，都会是赞叹科比的努力。

普通人要想成为一名成功者，先要从坚持每天的早起开始。

有时候，日出代表现实的到来。那一系列恼人的工作，脾
气暴躁的老板，刁难的客户，等等不堪的日常让生活好似永远
也渡不到对岸。

　　与此同时，更怕自己不知道在这些苦日子中煎熬的意义何在，以及不确定自己熬过去就可以拥有明朗的未来。于是乎，每天就在毫不情愿又无可奈何的悲惨境遇中，惶惶不可终日。

　　回想一下，为了早起，你是不是在前一天晚上就定好了多个不同时间的闹钟？

　　在第一个定点闹钟响起之后，关掉继续睡去，又在朦胧中睁着惺忪的眼睛，去关第二个、第三个……直到最后一个闹钟铃声尖锐地响起，你才飞身起床，快速地洗漱完毕，顾不上吃早饭就朝着公交车站跑去。

　　如此，就是很多人每个工作日早晨的习惯。

　　城市里有很多习惯晚睡晚起的人。在晚上，他们不舍得睡觉，是因为害怕一天的结束；到早上，他们不想起，是因为害怕一天的开始。

　　我也有同样的感觉。

　　在都市夜深人静的时候，要么拼命加班，要么歌舞升平，很少有人会选择早早休息，养精蓄锐，哪怕在别人睡觉的时候看一场电影，也觉得是比别人赚了。

　　而到了早上，能不被闹钟叫醒，精神抖擞地迎来清晨第一缕阳光的人则成为了少数。

　　很多时候，你以为自己在夜深人静本该休息的时候却迟迟不睡，是比别人拼命努力——那只是你表面看上去的勤奋，内心深处其实是无尽的彷徨与空虚。

　　古人说："一日之计在于晨。"也有很多研究表明，人在早晨的精神状态，几乎决定了一整天的计划与安排。

人们都佩服每天能早起的人，然而却不知道从什么时候开始，早起变成了一件需要毅力才能做到的事。

被窝是舒服的，可青年作家七堇年却说："被窝是青春的坟墓。"

网上还有一种完全相反的观点："早起毁一天。"说的是一个人因为刻意早起，导致起床后整个人变得昏昏沉沉，稀里糊涂什么事情也没做就过完了一天。

持这种观点的人，只能说还没有养成早起的习惯。

的确，对于习惯晚睡晚起的人来说，突然让他早起，身体各方面会变得很不舒服。可只要形成良好的作息习惯，就会发现，还是早睡早起更符合人类的生活规律。

人们常常喜欢给自己找理由来懒散，比如说"江山易改，本性难移"，以此来开脱自己不想改变的毛病。可是，一个人只要做出改变，哪怕只有一点，都能给自己的生活带来莫大的裨益。

朋友小何是个爱晚睡的青年。

他做自由职业，时间很松散，因此常常会在一天进入半夜之后，拧开书房的台灯为各种杂志撰稿。加上他不爱运动，久而久之，身体便出现了问题。

这天从医院出来后，他开始严格按照医生的嘱咐，每天早起跑步，并且购置了哑铃等工具放在家里以供练习。

两个月之后再见面，我发现他气色好了很多，整个人也变得更精神了，连撰稿的工作也更加得心应手了。渐渐地，他从每月固定为五家杂志供稿，增加到了十家。

重要的是，因为起床很早，锻炼完身体他还有时间去附近的公园逛逛，看看这座城市的风貌。时间一长，竟多出一个爱好——摄影。

现在，他写杂志专栏不仅提供文字，还提供照片。试想，如果不是早起，他哪里能有这样好的发展？

每个人在人生的道路上都会遇到各自的难题，当产生困惑而又无法立即解决时，就需要寻找一种合适的方法，让心灵能暂时有个归宿。

早起，也是修炼自己的一种方式。

那些害怕迎接清晨，害怕面对忙乱不堪一天的人，通过早起这种方式来修炼自己，是从容应对生活的开始。

2. 很多事不怕难，只怕你不肯坚持到最后

> 枪林弹雨事关生死，而坚持做成一件事却关系到自己人生的梦想。

出于热衷于新闻节目，同时也比较关注社会民生的缘故，我一直都很欣赏柴静。所以当她的第一本书《看见》一经上市，我便迫不及待地收入囊中。

还记得当年读《看见》时的印象，封面上的女子，瘦弱沉静，而那双明亮睿智的目光，却透出让人无法拒绝的坚定。从普通北漂到今日成为深受百姓喜欢的央视新闻记者，支持她走下去的，正是那一股坚持的毅力。

不是名校出身，也并没有系统地学习过新闻专业，因此，柴静最初进入人才济济的央视时，着实吃力。

为了尽快适应工作，她说服自己冷静下来，决心从最基础简单的工作做起——倒水、打印资料、外出采访，她像一台不知疲惫的机器一样让自己忙碌着，就这样度过一段风吹日晒、汗流浃背的时光。

最终，靠着这股坚持，她才有了今天的成绩。

《霸王别姬》里的唱戏师傅说："人得学会自个儿成全自个儿。"拿柴静来说，她的基础没有科班出身的人好，初入行时面对的一切也都是陌生的。

人在陌生的环境下容易恐惧，担心自己不能胜任这份工作。但柴静对工作却尽心尽力，无所畏惧，反复借鉴同行的主持风格，每天辛苦熬夜编节目，所有的技能，都是凭着骨子里的一股坚持，一点点获得的。

很多事不怕难，只怕你不肯坚持到最后。那些最终站在人生巅峰、实现自我价值的人，不是因为别的，只是做了一个最后还在坚持努力的人。

我的一位朋友阿莱，就是这样一位到最后仍在坚持的人。

阿莱从事的是广告行业，做到了那个行业里数一数二的水平。作为他最亲密的朋友，我一路见证了阿莱事业的发展。

刚毕业那会儿，阿莱还只是个青涩的毛头小子，他学的专业是地质勘察。这样的专业使他在找工作时，遇到了不少难题。幸亏阿莱在几乎快要跑断双腿的时候，找到了一家广告公司的人事职位。

公司因为刚刚成立不久，还没有发展起来，所以也没有多少客户资源，作为人事，阿莱的工作算得上清闲。

一段时间以后，因为公司的发展仍旧没能步入正轨，很多同事纷纷跳槽，选择离开。阿莱却没有跟上这股离职的浪潮，反而留了下来，并向部门经理申请转行，正式做起了广告策划。

　　这其中还有一段小插曲：原本领导是不同意的，很直接地拒绝了阿莱的第一次申请。但他丝毫不放弃。

　　刚巧公司接了一个为某品牌口香糖策划销售文案的单子，阿莱私下联系了广告部门的主管，将自己的想法告诉了对方。主管同意他可以参加这次的方案提交小组。

　　交方案的时间只有半个月，阿莱没有策划的基础，也没有写文案的经验，但他夜以继日地奋战，买了两本经典的广告案例看，反复揣摩，最终在截止日的前一天提交了策划文案。

　　老板看过他的文案后，竟然意外地满意，特意批准阿莱正式进入广告部。

　　后来，阿莱吃了多少苦，旁人自然不清楚。因为阿莱天性乐观，从来不会跟我们抱怨工作上的辛苦。

　　但我知道，他从最初的拉单子，跑业务，一点点做起，经过了无数次的残酷拒绝，才终于成交了自己的第一单生意。

　　最初的两年非常难熬，可他还是坚持了下来。

　　印象里，阿莱那几年很少有周末。当我们这些朋友欢聚在一起，享受着温馨的假期时光时，阿莱却把自己关在出租屋里，看书学习，分析广告界中的经典案例。

　　一次，我去找阿莱借东西，进门却看到他正倚靠在椅子上，翻着一本厚重的广告策划书。当我与他四目相对时，那双因过度劳累而显出黑眼圈的眼睛，使我分外地心疼。

　　这样的坚持，终于换来了阿莱在圈内的声名鹊起，现在他已经是公司广告部门的经理了，常常也会跟手下的人说，要想做好一个广告人，先要有一份肯吃苦、肯坚持的心。

做广告方案是件很痛苦、折磨人的事情，你永远不知道客户的脑子里在想些什么，或许你给他出一百种方案，令他满意的，却总是那第一百零一个。

我曾劝过阿莱，如果工作太辛苦干脆再做回人事吧，以他的资历，只要跟老板一说，做人事经理也不是没可能。

阿莱的回答是，如果一个人面对困难只能选择逃避，那他面对人生，也只能选择逃避。

这个世界上随处可见做事半途而废的人，因为一项工作太累就轻言放弃，就像面对冲锋陷阵的战场选择做一名逃兵一样——枪林弹雨事关生死，而坚持做成一件事却关系到自己人生的梦想。

记得以前跟一个朋友聊天时，她说一直很想出版几部作品，当一名真正的作家。

可是八年过去了，当我们再次联系时，她却一个字也没有写出来，反而常跟我抱怨说，在城市生活压力太大了，结束了一天的工作，根本没有多余的时间进行写作。周末的时候又要打扫卫生，收拾家，总不能天天熬夜吧，对身体也不好。

面对朋友的解释，我不好过多苛责。只是我知道的一些名作家，他们也并非全部专职写作，而是利用每天碎片化的时间，坚持着最初的梦想。

我相信他们一定也会遇到同样的问题，但最终那股到最后还在坚持努力的毅力，会战胜现实生活中的所有困难，成就自己。

不可否认，人都有趋利避害、趋易避难的本性，觉得一份工作不适应了就选择跳槽，去找所谓更轻松的工作，还常常将"此处不留爷，自有留爷处"当成是一种豁达。

然而他们却忘记了，很多时候，重新选择并不代表重新出发，今天没能解决的麻烦，不一定哪天还会再次登门。久而久之，你的年纪越来越大，职场的处变经验却仍然一塌糊涂，终是荒废了年华。

"现在贪图舒服，以后就会越来越艰难；现在敢于面对艰难，坚持下去就会感觉越来越轻松。"只有坚持下去，才能真正地获得成长，逐渐增强解决问题的能力。

龟兔赛跑的故事中，兔子的轻敌是它失败的原因之一，除此以外，乌龟的胜利，更得益于它在最后一秒都还在坚持、努力。

愿我们都能做一个直到最后一刻仍不放弃努力的人。

3.紧随世界的脚步，用力奔跑

你轻松只是因为背后有人替你扛起了重担。

按照当下的社会标准，好友 K 是个不折不扣的文艺女青年。

前阵子，我在网络上看到有一个"狗尾续貂"的续写活动，要在"我有一壶酒，足以慰风尘"这句话后面再加两句。

我看到后只感觉奇怪，好句子就是好句子，为什么非要觉得不完整而续写呢？

可 K 不这么认为，她马上交出了答案："前朝事忘尽，来时路尽歇。"看到她这个续写时，我知道 K 伤春悲秋的文艺细胞再次活跃了。

我早已习惯了 K 对生活投去的忧郁眼光。

在我看来，她始终不懂，生活是她一个人且只属于她一个人的，她真的没必要向全世界展示自己的伤口有多深，有多疼。

那一阵子，K 的精神状态总是不好，她最受不了逛街遇到下雨，出门遇到忘带钱，以及谈恋爱时对方发了脾气……

我们可以体谅一个人在大城市生活的不易，但这并不足以成为一个人悲观的原因。

要知道，现实生活可不是韩剧，天降大雨就有人给你送伞，钱包掉了就有人请你吃饭。在真实的世界，周遭所有的一切，都是需要自己一人去负责的——别人没这个时间，也没这个义务。

没错，我们总会怀念年轻时的意气风发，有朋友陪你疯陪你哭的青春岁月。但那个时候的我们正因为年轻，不需要承担赡养家庭的责任，也还没有面对现实中很多让人无奈的抉择。

K 就是一个陷在回忆里不能自拔的人。她说，现在的生活常让她感觉疲累，她很怀念儿时的无忧无虑，天真无邪。

好多次，我同她交流的时候都进行不下去，我不知该要苛责她的不懂事，还是告诉她应该要学着长大，承担起责任。

那些你以为光鲜的岁月并不真的是一种轻松，你轻松只是因为背后有人替你扛起了重担——我们的父母，无一不是受苦受累，为我们撑起遮风挡雨的安全屏障。如今，我们已成年，双亲却渐老，是时候该承担起我们作为子女的责任了。

成人的生活里，没有容易二字。长大以后的我们，必须紧随世界的脚步，保持精力，大步前进，才能配得起更美好的未来。

K 如今三十出头的年纪，却仍然不想出去工作，她说她想到每天朝九晚五固定模式的生活，就会心生恐慌。

而我的另一位朋友 S，虽有着一份固定、体面的工作，却对生活充满了厌倦。

S 在国内一家知名的化妆品公司做销售主管，待遇很不错。

但与此同时，繁重的销售任务也使她常常脸色苍白，只能靠那些名贵的化妆品来掩盖疲劳。

一个周末的下午，S打电话跟我抱怨："等挣够了钱，我就去炒老板的鱿鱼。"

我知道S的工作很辛苦，她过得不是很快乐，但我不打算安慰她，而是单刀直入地问："然后呢？"

S支支吾吾回答不上来，她说她只是感觉到累，并没想到辞职以后要怎么办。后来，S一气之下真的辞了职，然后去了趟英国，回来以后又赋闲在家半年。

那阵子，她仍然喜欢抱怨，主题变成了找一份满意的工作太难。

就这样，因为离开职场将近三年时间，化妆品市场发生了翻天覆地的变化，以S固有的经验，已经无法适应市场的需求了。面试了十几家公司后，她最后只得到一个很普通的柜台销售员工作。

去上班的那天，S不无后悔地对我说："早知道，就好好珍惜以前在大公司工作的机会，好好修炼自己的内心，提升工作能力，现在也不至于混得这么惨。"

S的故事告诉我们：世界不会因为你的疲累，就随便停止它前进的脚步。

我觉得问题并不出在S辞职这件事上。诚然，身体是革命的本钱，谁都应该把生活放在第一位，把自己的身体照顾好——S明明可以跟老板说明自己的情况，请个假，休整一下。

S 也完全没必要将工作全部放下，哪怕在英国度假的时候每天翻翻时尚杂志，也能对行业内的情况有所了解，而不至于丢掉一份那么好的工作。

这世界上所有的成功，都来之不易。那些任何时候都自我标榜很坚强的人，也不一定没有想要流泪的冲动。

现在大家都很喜欢在朋友圈晒幸福，对于很多"观众"来说，总难免会在心里默默地感慨一句："你看，人家的生活多滋润，为什么我却这么悲惨？"

其实，对方也有很悲摧的时刻，只不过他们选择默默地承受，而没有晒出来。

那些看上去很美好的幸福，你不知道别人花了多少精力在维持；那些看上去很高贵的工作，你不知道别人熬了多少个通宵才得到。

而之所以别人的世界能如此幸福，看似一切顺利，皆因为他们懂得，世界无时无刻不在前进，让自己保持追逐的勇气，保持前进的能力是多么重要。

"知乎"上有一个热帖："有哪些原本很小的毛病，因为不积极采取治疗终于酿成了大祸？"

翻翻下面的回答，果真五花八门，很多我们不重视的细节，正以它最原始、粗暴的方式"报复"着自己。

而我们也有过这样的经验：在路上走着突然变天，如果不加紧步伐，一开始是淅淅沥沥的小雨很快就会变成狂风暴雨，我们就会被浇成落汤鸡。

今天不快步走，明天就必须努力奔跑了。

这个道理人人都懂，可却不是谁都能做到的。

每个人都喜欢圆满的结局，想跟自己喜欢的人在一起，想做自己喜欢的事，可这个世界就是充满了无常，很多时候并不能如你所愿。

面对这样的情况，人可以发泄但不能够脆弱，哭过了，还是要挺起胸膛，用一颗追逐前进的心，勇敢地面对这个残酷而真实的世界。

那时候你会发现，因为自己的努力，世界开始变得温暖而美好。

至少，你战胜了那个软弱的自己，这，已然是一种难得的胜利。

4. 就算摔破了膝盖，也要多拼几次

活在这个世界上，我们太容易被别人的评价和目光
所左右。

我们的生命并非一路平坦，而是交织着黑暗与光明。身处
绝境的人，也有逢生的机会；而一步青云的人，也很可能遭遇
暴风雨，跌入尘埃。

挫折是每个人生命中注定都要经历的，心态好的人往往能
够接受厄运的洗礼，一步步变得愈加强大。

我有两个之前体型很胖的女性朋友，当她们并肩走在马路
上时，总会成为人们关注的"焦点"。

可是，她们都不太想做这样的焦点。

包括在求职的时候，不管她们打扮得多么用心，在见到面
试官那另类眼神的一刻，所有的底气都会化为乌有。

碰壁的次数多了，其中的一个朋友开始变得自卑，用她的
话来说，只要一看到镜子，就觉得这个世界充满了黑暗。

而另一位朋友，也被这种悲伤的情绪感染。

那段日子，两个人几乎不再出门，整天靠着韩剧和泡面消遣。

作为朋友，我经常鼓励她们："别担心，也别沮丧，一定会有人会欣赏到你们的内涵。"

却没想到其中一位女孩立即质问："你在拿我们开涮吗？这么胖这么丑，谁的眼睛会越过可恶的肉体发现我们的灵魂啊？你会吗？"

看到她们上钩了，我故意说："那既然知道这样，为什么不尝试着减肥，自己去挽救自己的人生呢？"

一句话点醒梦中人，两位好友立即精神抖擞，决定要缔造全新人生。

活在这个世界上，我们太容易被别人的评价和目光所左右。可是，我们若总将别人漫不经心时说的话放在心上，即使迎合了别人的眼光，也很难活得快乐。

下雨了，乡村道路就会变得泥泞。你可以选择把道路修成柏油路，这样就算再大的雨水，也都无法破坏和腐蚀道路的平滑。

小时候，当我们还是蹒跚学步的婴儿，曾经摔倒过无数次，而就算摔到鼻青脸肿，我们哭过后还是会继续学走路。而在我们长大后，在人生的路口摔倒时，也一样可以擦擦伤口笑着继续向前走吗？

几个月后，那两个朋友特意打电话告诉我，经过这段时间的努力，她们已经成功减下了体重，也成功开启了崭新的人生：

一个去了梦寐以求的电影公司上班，另一个则交到了喜欢的男朋友。

可喜可贺，真可谓控制住了体重，也就控制住了人生。

两个朋友的成功，又使我想到了我的一个同事。

两个月前，同事小红一直想要转行。

她是从师范大学毕业的，从小到大的梦想就是要当个合格的人民教师。但事与愿违，毕业时学校不管分配了。

小红天性胆小，生怕因为没有经验而应聘不到工作，就在姑妈的介绍下，进了这家公司做财务。

两年过去，她发现自己并不喜欢干这一行。午夜梦回时分，那个关于教师的梦想一直在呼唤着她，使她更加无法正视眼前的工作。

于是，她决定辞职，重新出发，去寻找那个心底的梦想。

可是，几轮下来，她的面试成绩并不理想。虽然她是师范类学校毕业，却因为从未有过教课经验而被排斥，甚至有些学校要求她有一定的教学资源。

面对重重打击，小红感到非常彷徨——毕竟现在独自一人生活在大城市，没有工作，她该怎么养活自己？

痛定思痛，她还是写了一份"忏悔书"，请求姑妈原谅她的冲动，又回到了姑妈介绍的那家公司，继续做着财务的工作。

我想，小红今后的每一天，恐怕要在不情愿、不甘愿的状态下过活了。

我承认，每个人都有自己的选择。但梦想仅有一个，为了这独一无二的梦想去奋斗吧！摔倒了咬咬牙再坚持一下，难道不是更无怨无悔吗？

困难总是有的。

活在这个世界上，并不只有你一个人会悲伤，会无奈，会彷徨。但不管是遇到什么样的难题，明天的太阳依旧会升起，我们还有什么不能挺过去呢？

5. 不逼自己一次，你永远不知道自己可以成为谁

> 我们不能决定自己的先天长相，但完全有能力决定
> 自己的去向。

我从小就不信命，所以对妈妈说的什么"人的命，天注定"全然不在乎。反而，我很看重一个人对自我的定义，以及如何提升。

我认为，每个人的命运，只能由自己决定，你要去哪里，你想做什么，你会成为谁，都应该是我们能够做主的事情。为此，从小我骨子里就有一股不服输的勇猛。

是的，我们不能决定自己的先天长相，但完全有能力决定自己的去向。

刚刚过去的春节，当许久没有回家的我回到老家后，消息不胫而走，竟然有很多久不联系的人，赶来向我打听在大城市生活的情景。

我和以前的同桌聊起我在北京工作时出版过几本书的事情，他非常惊讶地感慨着："曾经，我的梦想也是成为一名

作家。"

我记得当年上学时，同桌的语文尤其是作文成绩非常好。

高考结束后，同桌的成绩还不错，他的第一志愿原本想要报读中文系，却不料遭到家里人的强烈反对。

他父亲的理由尤其蛮横、主观："你一个男生读文学做什么，上完高中难道还不能识几个字吗？"连母亲也说："学计算机吧，以后肯定能挣钱！"

那个暑假，同桌过得很辛苦，最终，他不想忤逆家人的意愿，学了计算机。

现在，同桌有着优于大多数同学的物质生活，在我们那边的小镇上买了房子，可是到现在一直过得不快乐。

或许是心底还执着于写作的梦想，他买了很多小说放在床头，只是每一次捧起，读毕，都会陷入长久的沉默。

他告诉我说，他很后悔当初没有逼父母一把，更没有逼自己一把，否则，他的人生，就算当不成一位著名的作家，至少也不会留有遗憾。

人们都说，电影作为一门艺术，来源于生活却高于生活。起初我并不懂这种"高明"在哪里，现在却有些恍然大悟——电影镜头拍不好，导演可以喊"Cut"，可以重来——可是人生只有一次，错过了，就是永远的遗憾。

就像我的这位同桌，他原本可以成为一名令自己骄傲的作家，如今，却过着并不想要的生活。

不逼自己，就意味着你放弃了最想要走的那条路，放弃了最想要拥有的那种人生。日后就算后悔，很多时候也为时已晚，于事无补了。

我很敬佩那些勇于做自己的人，他们身上有一种"明知山有虎，偏向虎山行"的勇猛精神。

或许很多人会说这是不知好歹，可是"知好歹"的人呢？他们没有决定自己人生的能力，完全是听从别人安排的一件摆设。

我以为我的同桌只是一个特例，却没想到，后来我的好几位童年好友，都几乎是用羡慕的语气对我说，真的很羡慕你，可以去大城市生活。

我们曾经一起下河捉过鱼，一起玩游戏，一起逃课到屋外的小山坡捉迷藏，一起度过温暖而有趣的童年时光。那个时候，我以为大家今后一定还会在一起，我最珍视的他们也将变成一个个勇敢的追梦人。

可现实却是，只有我过着自己一手决定的生活，然后听着他们无尽抱憾的忏悔。

时光呼啸而过，你已经长大成熟，而当初的愿望都实现了吗？

再看看自己的人生。当初并没有人笃定我去了大城市，就一定能够实现心中的理想——当年，我也只是一个刚走出大学校门的青涩学生。

犹记得第一次看到高楼大厦、车水马龙；犹记得顶着烈日在陌生的办公楼里一次次面试，碰壁；犹记得最穷的时候，口袋里只剩下五角钱，饿得四肢无力却吃不起路边的一个烧饼；

犹记得因为没钱交房租，刮大风的黑夜迫不得已睡在一处破败的天桥下……

曾经有很多个时刻，我也以为自己撑不下去了，会在某个关口倒下，但我心里从未真正放弃。

那个时候没有太多的励志故事，只有骨血里的一份坚强——我最终逼了自己一把，一把又一把，现在，我成功地留在了这座大城市。

我知道，以后的路还很漫长，我唯有变得更加优秀，才能在这里找到更多的归属感。

我不会轻易放弃！

最令我感到开心的是，通过自己的努力留在这座城市生活，我遇到了很多同我一样对未来充满信心的年轻人。

大家志同道合，背负着一样了不起的梦想。而他们之所以也能留在这里，正是凭着那股不服输的劲头，那种肯逼自己一把的魄力。

不逼自己一把，你永远不知道自己可以成为谁，能够过上怎样的生活。那些拥有我们所艳羡的人生的人，也一定不是简简单单就得到了。

我也坚信，每个人的心中都有一束光明，只要你坚持着，不惧风雨，这束光明定会照亮你的前程。

当你努力过了，就会明白：通往幸福的道路其实只有一条，它需要你的勇气，坚定，执着。

那些没能成功的人，一定是选择并习惯将自己留在所谓的

"舒适区"：当他们为了每个月的死工资随意去上个班，或者在二十出头的好年纪就迫不及待走进看似稳定的婚姻家庭时，未来便已经没有什么新鲜和挑战可言了。

二十多岁就过起了六十岁才该有的人生，该是一件多么恐怖的事啊！

记住，梦想都是被逼出来的，人活着就不应该小看自己。为了你所能遇见的最好人生，遇到困难时，不妨学着逼自己一把。

6.梦想从不属于那种轻易就说放弃的人

世界上最浪费精力的事情之一就是后悔。

过年回家的时候，我看了各个台的春节联欢晚会。

不知道从何时开始，我竟悄悄地喜欢起了各式各样的小品，或许只是因为它们都带着浓浓的人情味，关于梦想、亲情、爱情、珍惜……

说到梦想，我更觉得这是属于那群在大城市漂泊逐梦的人，而不属于那种窝在家乡惬意享受小幸福的人。并不是说他们没有梦想，而是我几乎从他们身上看不到他们曾为梦想做出过哪怕一分的努力。

网上有个帖子："当我们谈论梦想时，我们在谈论什么呢？"网友的回答千奇百怪，有人说是妄想，有人说是未来，有人说是曾经，有人说那是一个永远无法实现的梦。

每个人都有专属于自己的梦想，但不是每个人都有去实现梦想的勇气。就拿今年看到的一个小品《追梦人》来说，我觉得只有真的做到了主角那样，才算真正对得起梦想，对得起自己。

小品讲述了一群年轻人到大城市追梦，渴望有天自己能变成正式的演员，亮相于荧屏。

可是演员梦太高贵了，相貌与身材均不特别出色的他们，努力了很久，也没能得到一个配角的机会。但他们每个人都不想放弃，心里默默地憋着一口气。

年底了，奋斗了一年仍一无所获的他们，决定最后再努力一把，至少也要给家人和自己的青春一个交代。

他们好不容易接到一份试镜的机会，却最终都没能令导演满意。于是，落寞的黄昏下，有些人暗自打起了退堂鼓，甚至劝说伙伴们也放弃吧。

有人掉下了眼泪，有人点燃一支寂寞的烟，还有人选择沉默，安静地蹲在角落里。只有一个女孩，她仍然在灯光下飞快地奔跑，此时此刻，电影《喜剧之王》里那熟悉的音乐响了起来，女孩一边奔跑一边说——

"在这个世界上，谁没有遇到过困难，谁没有试图放弃过，可大家别忘了我们为什么来到这里，又为什么坚持到今天！我们都有一个当演员的梦，可现在，你们问问自己真的为了它付出全部的努力了吗？摔倒了，爬起来拍拍身上的土，不就可以了吗？"

听着这段独白时，我的眼泪不自觉地掉落下来，使我想到早已被自己抛弃了的，如今恐怕落满尘埃的梦想。

后来，一起谢幕的他们说，这个小品正是根据他们的亲身

经历改编的，所以表演起来就像回到了那段为梦想艰苦奋斗的
岁月。

是的，他们现在基本算是熬出头了，不然我也不会在某家
卫视的春晚上看到他们。

可以想见，那些为梦想拼命的岁月，他们肯定舍弃了安定
的生活，舍弃了与父母团圆的机会，一心一意扑在了事业上。
是的，他们只为了对得起心中的梦想。

如今，他们成功了，终于站在全国观众的面前，爸妈也能
通过电视看到自己的孩子，这个结果令人感动。

可想而知，为了这一天，他们付出了多少辛苦。

周星驰说：“我是一个演员。”

这虽然是他在电影里的台词，说出来还让人觉得挺好笑，
可是后来才知道，如今赫赫有名的他，也曾有过一段晦暗、冗
长的跑龙套生涯。那些为梦想而吃的苦，如今全部化作演艺事
业的宝贵财富，令他深受千万观众的喜欢和敬仰。

真正的梦想，值得每个人拼尽全力；真正的梦想，属于那
些从不轻易说放弃的人。如果你的梦想没能实现，那一定是你
还不够努力，不够拼命。

现实生活中，我的一位练体操的朋友，为了能在全国体操
比赛中取得好名次，不分昼夜地在练功房里训练，甚至差点住
在里面。

每日辛苦地练习，使她的两只手掌早已没有了正常女孩的
鲜嫩，布满了厚厚的老茧。

有几次，甚至因为太过用功，她累瘫在高低杠上。可是她从来不为此后悔，既然种下梦想，就要对它负责，她愿意把所有的时间和精力都放在这件事上。

然而事与愿违，她最终还是以 0.1 分之差没能得到冠军。

从台上下来的那一刻，几乎所有人都在等待她的一场号啕大哭，却没想到看到的却是她风轻云淡的笑容。她说，努力过就足够了。

虽然现实很残酷，有很多事情正如我的这位朋友一样，努力了，不一定就能获得一个令人满意的结果，但至少，你也向全世界证明了自己的努力。

你为梦想所付出的一切，大家都明了，自己也明了。在夜深人静的时候，当你回想起来，也不枉费曾经的年轻。

世界上最浪费精力的事情之一就是后悔，为了不让自己后悔，请慎重对待你的梦想，为它竭尽全力。

现在说说我自己。

我很喜欢在北京这座城市漂泊的感觉，有人质疑我有好好的生活不去过，为什么一定要选择流浪？我想，他可能不懂梦想的意义。

大家为什么从家乡来到千里之外的大城市？为什么漂洋过海去别的国家？原因就在于，那个地方有他们想过的生活，有他们喜欢的生活方式，可以让他们实现心中的梦想。

人生是一场单程旅行，放弃了，就很难再有实现的机会。

面对梦想，还有一些人选择等待——等时机，等命运，等条件，却不知道，机会和条件都是要靠自己去创造的。

这个城市的人这么多，每天发生的事情也很多，如果每个人都选择被动等待的话，真的不敢想象未来是什么样。何况时间总是流逝得很快，就像你手中的沙子，也许不经意间就再也没了踪迹。

人越长大，越容易感觉到恐慌，那是对一事无成的害怕与担忧。

现在有了朋友圈，你随便花几分钟就能"刷"出朋友们的现状：有的人消失了一段时间，突然发个消息说自己开了家火锅店；有的人突然买了房，贴出一张房产证；有的人突然换了工作，职位高了薪水也涨了。

不管是哪一种，你总能清楚地看到总有人在进步和改变着，而也有人还站在原地等待着，放走了一个又一个蜕变的机会。

我们拥有的只有现在，为了你的梦想，争分夺秒、竭尽所能奋斗吧，不要惧怕他人的质疑，只需问自己是不是输得起。

不要后退，不要轻言放弃，你终将会找到一道光明的所在。

7. 没有可以抛弃的梦想，只有抛弃梦想的人

> 每秒一滴水，也会滴穿石头，每天走一米，总会超
> 越梦想。

Z 姑娘是我的女神，她不仅长得漂亮，而且活得精彩，是很多人羡慕、仰望的人。

大约一年前，她抱着电话激动地跟我说她考上了社科院法律系研究生的时候，虽然我并不在她身边，可我确定她当时是含着热泪的。

我们俩认识有十年的时间了，高中同学兼将近一年的同桌，对于她的情况我是再清楚不过了。

Z 的家庭条件很好，父亲是当地政府的工作人员，母亲做生意。因为是独生女，家人对她很溺爱。

父母的疼爱本无可厚非，然而仗着这种条件，Z 从小就任性野蛮，每天都是一副"古惑女"的做派。对于学习，那更是如同见了敌人一样——我们当地市区的中学她全都转了一圈，然后又转学回到了原点。

　　长年累月成绩垫底，在她看来是件再平常不过的事，反正她只要把自己过舒服了，天下也就太平了。

　　高考过后，成绩一如既往"稳定"的她自然没有办法考上一所好大学，最后只能靠着家里的关系，上了一所民办大专。

　　按照这样的发展节奏，我当时给 Z 设定的剧本是这样的：上完大专以后，马不停蹄地回到老家，在父母的庇护下，找一份还可以的工作，然后再找个愿意让自己欺负的老公，自得其乐地度过自己的一生。

　　就她当时的状态而言，这大概也是我对她最好的期盼了。

　　然而，我对她的设定太过一厢情愿了，她后来的发展轨迹和我预想的完全不同：Z 大专毕业以后，她违背了父母的安排，选择留在了那座城市。因为学历不高，她最终只找到了一份挣钱不多离家还远的工作。

　　这对于过惯了衣食无忧生活的她来说，不得不说是一个挑战。

　　Z 的选择让我很不解。一次聊天时，我说出了自己的疑问。

　　她说小时候看电影的时候，每次看到律师在法庭上唇枪舌剑，她都好生羡慕，特别是电影《法内情》《法外情》更是让她热血沸腾。那时候，她就梦想着能像电影里的那些大律师一样，除暴安良，报效社会。

　　可是，梦想和现实之间总会有一道沟横在我们面前。

　　小时候的梦想，在自己的任性妄为以及周遭亲人朋友的溺爱下，慢慢地变成了可望而不可即，每当它浮现在脑海中，我们总是选择视而不见或者干脆逃避。

这样，我们也许能很好地过完自己的一生，可是没有了梦想的生活，就像是没有了翅膀的飞鸟，即便知道前面万紫千红，却也无可奈何。

等到老来，只能对着过往遗憾，哭诉没有什么骄傲可以回忆的青春。

Z 说现在她长大了，成熟了，才知道以前是多么的无知，浪费了自己多少宝贵时光，现在她要把以前丢掉的东西重新找回来。而最重要的就是，她要通过努力实现自己的律师梦，在这之前，她必须拿到自考本科毕业证。

因为之前知识亏欠的太多，各门学科的基础太差，她几乎全都是从头开始学习——十几本专业课课本外加政治和英语，这些构成了 Z 工作之外的全部生活。

原来那个任性刁蛮的人没有了，取而代之的是一个连坐公交车都带着书的姑娘；那个飞扬跋扈的人没有了，变成了现在这个总是在附近大学的自习教室里学习到熄灯的姑娘。

而更多的画面我们看不到，深夜一个小姑娘坐在公交车上低头看书，或者趁着午饭的时间背几个单词的场景。即便是工作再忙，她也会坚持一步一个脚印地踏实学习。

两年过去了，因为能力出众，业绩优异，她成为了公司的中层干部，是老板最欣赏的员工，没有之一。

她的努力，公司的同事都看在眼里，大家也都心知肚明，要不了多久她就会升到公司高层。

　　与此同时，她还拿到了法律专业的本科毕业证，生命中一切美好的东西都向她奔来。

　　作为朋友，仍为生活苦苦打拼的我，一方面羡慕着她有这么好的发展，另一方面也惊叹她竟然有如此天壤之别的变化。

　　当大家都认为她会继续在公司做下去的时候，Z却出人意料地选择了辞职。带着这两年的积蓄和一大摞书，她决定北上北京，心无杂念，专门考研。

　　Z的这种疯狂举动，一度让我不敢相信。

　　在朋友的帮助下，她租到了一所大学的宿舍床位，开始了自己新一轮的考研征战。

　　再一次回到大学，她为自己安排了极其严格的作息时间，并保证每天都不找借口地完成。从此，她的生活变成了三点一线：宿舍、食堂、自习教室。

　　也许是因为底子太差，即便她如此努力，第一年她还是因为英语差了几分而与研究生擦肩而过。

　　这次她消沉了很长时间，整个春节都处于情绪不稳的状态。见她如此，我就劝她别再这么折腾了，年纪也不小了，抓紧回家找份安定的工作，结婚生子。

　　可她并没有听从我的建议。

　　就像以前的任性一样，她义无反顾地走着自己的路。春节还没过完，她就踏上了北去的列车。延续着相同的路子，她再一次扬帆起航，重新向梦想之门奔去。

　　一如既往地努力学习，终于换回了她想要的结果，于是就有了开头的那通电话。

2015 年，Z 终于如愿以偿考上了研究生，为此她付出了整整五年的时间。

每个人都有自己的梦想，可是为了这个梦想能坚持多久——十年？二十年？还是一辈子？

当我们将它束之高阁的时候，这也算是我们为它所付出的努力吗？每天躺在舒适的环境里做着成功的春秋大梦，最终的结果，只能是徒劳无益地浪费时间和喋喋不休地抱怨、感叹而已。

电影《老男孩》里面说："梦想这东西和经典一样，时间越久，越显珍贵。"梦想永远不会消亡，大部分的时候它就像是醇香的高粱酒，即便你将它扔在某个角落许久，待你幡然醒悟，它依旧会以最浓的香味吸引你。

这便是梦想的价值。不管你现在如何，只要开始，就永远都不会晚，就会有实现它的可能性。

如果你连这都不愿意，那么未来等待你的也许只是刻板的生活和毫无生气的人生。

如果你想感受人生的魅力，那么你唯一能做的，就是带着梦想翻越一座又一座高山，蹚过一条又一条大河。

之前看过一篇文章，里面有这样一句话：没有被抛弃的梦想，只有抛弃梦想的人。诚然，梦想一旦来到我们身旁，只要我们不抛弃，就永远不会离我们而去。

而对于梦想应有的态度，那就是依靠自己一点一滴的努力，朝着正确的方向，不断缩小这其中的距离。

每秒一滴水，也会滴穿石头。每天走一米，总会超越梦想。

梦想的反义词是放弃，梦想的同义词则是坚持——唯有坚持才能离梦想越来越近，也唯有坚持才能让此生无憾。

我们的生活之所以如此艰难，不是因为现实的困顿打败了梦想的实现，而是梦想一直在那里，而我们却选择了举白旗投降。

我们不是输给命运，而是输给不能自制的自己，于是在醉生梦死中彻底沦陷，以至于老了之后有太多的原因和理由来抱怨自己的生活。

梦想总是美好的，如此轻易就放弃了，多么可惜。

8.坚持努力，变得优秀，总有一天会看到光明

从现在开始，别再拿现实当作是你逃避的借口。

今年，最火的一部韩剧非《太阳的后裔》莫属，主演宋仲基也因此在中国一炮打响，粉丝无数。

不少人翻遍网络找出他走红以前的电影、电视剧，这一看才知道，原来这位偶像早已从影多年，挑战和饰演过很多个性迥异的角色，并将每个角色都塑造得入木三分。

宋仲基的优秀不是一两天了，他的努力也不是一两天，所以在拍了《太阳的后裔》后才会有今天的成绩。

同样，几乎是同个时段，韩国也有另外一位偶像歌手大红，他的名字叫黄致列。

黄致列因参加《我是歌手》第四季而被大家所熟知，这个有着低沉磁性嗓音的男人，却很反差地长了一张娃娃脸。黄致列走红以后，很多媒体扒出了他的成名经历，人们这才发现，为了今日的一战成名，他已经在幕后默默地努力了 11 年。

现实生活中，每一个朝胜利奔跑的人都会遇到荆棘、坎坷，

不是所有人都能坚持到底。

　　朋友李可毕业后没有留在家乡的小镇，而是当了一名北漂。她说她喜欢大城市里的繁华景象，也非常有自信地告诉我们，她会在那里闯出一番天地。

　　到了北京以后，周围的一切都令李可感到新鲜。通过努力，她很快找到了一份工作，虽然薪水不高，却让她有踏实的感觉。

　　初来乍到，独自在陌生的城市生活会遇到很多难以想象的困难，再加上衣食住行的开销压力，李可渐渐对未来失去了信心。

　　为了尽可能地减少开支，她在离公司很远的小村落租房住，每天上下班往返要在路上耗费四个多小时。

　　碰到房东临时收房的时候，她也应急租住过潮湿的地下室，那里的空气总有一股发霉的气味。

　　为了拼命完成工作任务，她也曾苦苦加班到天明，然后在空无一人的办公室饿着肚子沉沉睡去……

　　渐渐地，我发现李可不再发一些好笑的图片，甚至不再打电话跟我诉说她的新计划。

　　有一天，李可突然在微信群里宣布说，她下个月就要结婚了。顿时，群里炸开了锅，我连忙和她私聊：都没听你提过有男朋友，怎么突然就要结婚了？

　　李可淡淡地说："我也是刚认识的。"听了她这句话，我立即惊讶地张大了嘴巴。

　　后来，我才了解到事情的真相：原来，李可最近总觉得生活艰难，她没必要一个人苦苦支撑一切，就想找一个人结婚，主要是为了婚后对方可以帮她减轻生活上的负担。

她还对我说："一个人奋斗真的是太辛苦了，就算你每天像个陀螺一样转个不停，也很难看到未来的光明。我真的坚持不下去了！"

可是，这还是我印象中那个不服输又自信的女孩吗？

李可说，她已经对现实不再抱有任何幻想了，只想找个肩膀依靠。她是不爱马上要与之结婚的这个人，可是爱又能怎样？只要愿意养她，并且养得起就够了……

跟李可聊完，我脑海里忽然闪现出一句话："时光改变了我们，告别了单纯。"难道现实就真的这么可怕吗？难道除了妥协，我们就再没有别的办法了吗？

我的另外一位同学，因为她讲话总是口无遮拦，什么都敢说什么都敢讲的样子，跟小 S 简直有一拼，所以大家都喜欢叫她 S 姐。

S 姐不是印象里传统的乖学生，不爱学习，功课不好，但她有一个让人佩服的地方，就是特别专注于打网球。

曾经，只要学校组织女子网球赛，S 姐总能在球场上叱咤风云，大显身手。为此，很多学弟学妹都视她为偶像，而 S 姐当时的愿望也是走出校门以后能顺利进入国家队。

大四下学期，在很多同学都为了实习找工作而烦恼时，S 姐仍每天坚持早起，在球场上挥汗如雨。一些同学因为工作找的不顺利受了挫折，也常喜欢趴到窗边看 S 姐，都说只要看到 S 姐风雨无阻朝着梦想前进的身影，就会对未来充满希望。

几年以后，大家组织同学会，关系要好的同学都参加了，唯独缺少了 S 姐。一问才知道，原来 S 姐早已去南方打工了，很多年都没回来过了。

有同学八卦地问，S 姐没有成为一名网球运动员吗？

另外的同学马上接话，S 姐刚毕业的两年投了很多简历，可是好像一直都没什么音讯。后来因为不堪生活的压力，她接受了同样在南方打工朋友的邀请，好像是做丝绸销售。

难以想象，那个时候每天都做梦能够成为一名网球运动员的 S 姐，就这样屈服在命运的安排之下。

我曾听过一句话：当你想要放弃的时候，想一想，当初是为什么而坚持。很多人并不真的愿意放弃所谓的梦想，放弃这么多年对它的苦心经营，可为什么到最后关头你还是选择了更为轻松的路呢？

看看那些靠着努力，靠着自身的优秀一步步走向辉煌的人，有哪一个是简简单单就获得了成功？又有哪一个不是在奋斗路上被现实打击过？但是，他们从未轻言放弃，就算受过伤，流过泪，摔倒了再站起来，仍然朝着既定的目标在努力。最终，他们获得胜利，让阳光照进了现实。

禁得起寂寞，才守得住繁华。从现在开始，别再拿现实当作是你逃避的借口，坚持努力，变得优秀，总有一天会看到光明。

第五章

在暴风雨来临的时候，
能够支撑你的就只有你自己

· 他说风雨中，这点痛算什么

· 孤独岁月是最好的修炼时光

· 成年人的生活没有"容易"二字

· 那些措手不及的暴风雨，会让人演奏出生命的最强音

· 现在不努力，将来就会更艰难

· 你以为是别人不够努力，其实是你不够聪慧

· 拼尽全力，把今天当作人生中的最后一天

1. 他说风雨中，这点痛算什么

那些没能将你折磨死的痛苦，有朝一日定能变成你
身上最坚硬的铠甲。

永远不要觉得自己才是这个世界上最可怜、最痛苦的人，
记住，这个世界，没有一种痛是单为你准备的。

著名作家马德曾说："尘世的屋檐下，有多少人，就有多
少事，就有多少痛，就有多少断肠人。"

马晓云身体健康、吃穿富足，却每天一睁眼就陷入极度
的痛苦中：哪怕是工作中一个小小的失误，同事之间的一次
细微别扭，都能让她心烦意乱，痛苦一整天。

她最大的口头禅就是："我怎么这么苦命，今天又要留
下来加班。"

可以说，她是一个时刻都活在负能量里的人，只是她自己
对此全然不觉。

有一天，她注意到身旁的工位已经空了很久，那个平日里
总是很沉默不爱说话的女同事好久没来了。

　　她向人事部打听对方的情况，人事经理一脸迷惑地回她："你不知道吗？前阵子她后背长了个大肿瘤，请假做手术去了。"

　　这话如同一声响雷在马晓云的耳朵里炸开了，她这是第一次意识到，就在她为生活和工作中那么一点小小的麻烦而痛苦时，身边却有人在承受着如此巨大的伤害。

　　她这才明白，平凡人的生活都是一样的，每个人都有各自的痛苦，你不知道只是因为别人没说，而别人不说，并不等于痛苦就不存在。

　　有一组漫画能让人醍醐灌顶：

　　生活在 11 楼的女人因对生活绝望而选择跳楼自杀，在缓慢的坠落过程中，她看到了自己从未知晓的生活的残酷真相：10楼看起来很幸福的一对夫妻正在疯狂地争吵着；9 楼对人总露出笑脸的姑娘此刻正伤心大哭……

　　原来，并不是只有自己才是最痛苦的，关上房门，每个人都有现实的伤口需要清洗，擦拭。快要坠地的一瞬间，她真的后悔了，可是面对生命，却只剩下无能无力。

　　人生最幸福的事情不是每天都活得快乐，从未有过痛苦，而是酸甜苦辣都尝过了，才最完整。

　　活着，就是要痛一痛的。

　　仔细观察一下周围，那些有过起伏、波折的人，才值得人们敬畏和尊重。就像演艺圈那些经过奋斗熬出头的男女演员，如若不是艰难岁月的厚重积淀，那么也就不会有日后站在领奖台上的底气。

如果你肯仔细观察，就会发现，几乎是所有人，都在经历或坎坷或痛苦的人生。

前阵子，一位一直像是与世隔绝的同事，出乎意料地开始使用起了微信，并发了他有生以来的第一条状态，但内容却很伤感：最近一年多，家中两位老人相继患上重病，深觉痛苦迷茫。陪着其中一位苦撑了半年，然而昨天老人还是离开了。

他发这条状态只是因为内心痛苦，也找不到合适的地方去宣泄情绪……

原来，世界上有这么多痛苦；原来，并不是只有你一个人感受到了来自生活的艰辛。

这么一想，似乎自己的那点痛苦也不算什么了，正如马德所说的："在芸芸众生的痛苦里，自己的这点痛，真的不算什么。"

痛苦，还是一种清醒的方式。快乐是难得的，但却容易让人沉迷。痛苦却是深刻而真实的，宛如一位生活的智者，从痛苦中，人能很容易获得许多感想。

那些行走在风雨里的艰苦岁月，铸就了晴天里最绚丽的彩虹。

这世上多的是痛苦，张爱玲也说过"人生苦短"。不同的是每个人对待痛苦的方式，有些人选择沉迷，抱怨，自怨自艾；有些人却只把它当成是人生路上的一个小小挫折，忍受着，经历着，在痛苦中磨炼更顽强的自我。

人对自己的负面情绪，通常很容易将其放大。原本一件普普通通的小事，总是很容易变成自己的心理负担。

这显然是不聪明的。

站在理论的角度分析，全世界就算有 60 亿的人口，可与我们产生关系的，最多也不过身边的几十个。这样极少数量的人际关系，以及这些关系中的喜怒哀乐，竟构成了我们每一天的世界。

所以说，我们并不需要过多地分散精力给其他的人和事，而只需要照顾好与这些人的关系即可。

人随着渐渐长大，一定要学会"减重"，即懂得分辨谁是你真正在乎的人，哪些事值得你为之付出最多的心力。

人活着有太多的欲望——物质的、精神的，但是这个世界上所有的征服，本质上都只是对自我的征服。

当你遇到挫折，感到痛苦，实在不应该向现实屈膝臣服，把自己看成是一个十足的可怜人，甚至渴望因此获得别人的同情。要知道，强者都是在挫折中应运而生的，越痛苦，越要坚强。

今年过年回家，与我的老同学们见了一面，相谈甚欢。

说起我在大城市的生活，同学总投来羡慕的眼光。可我却对他们说，由于想要追寻的东西太多，时常感到身心疲累。

没想到一位同学立即宽慰我说："你还能比我的生活条件差吗？现在我只要每个月能挣到钱，就已经很知足了。"

是啊，这位同学大学一毕业就结婚生子了，如今已育有两个孩子，为了照顾家庭不得已放弃工作，成为一名地道的家庭主妇。她的爱人经济状况也一般，我却从未见过她为物质生活忧心过。

诚然，很多人的烦恼与金钱有关，总想挣更多的钱，想出名。但毕竟有钱人还是极少数，那剩下的这些人就注定要为达不到目标而痛苦吗？

我看到的却是，依然有些人在淡然地享受着他们的生活：有多少能力，就享受何种程度的生活，不给别人添堵，也是不给自己添堵。

欲望的沟壑太多，只要保持一颗淡定、宁静的心，人就可以拥有快乐。物极必反，那些没能将你折磨死的痛苦，有朝一日定能变成你身上最坚硬的铠甲。

所以，风雨中，这点痛，不算什么。

2. 孤独岁月是最好的修炼时光

你如何面对孤独，就将如何迎接成长。

有些路注定是要独自前行的。那些迎着风雨努力奋斗的背影，虽然有些落寞，却有着说不出的震慑力！

不得不说，人的悲剧是自己一手酿成的，在该奋斗的年纪你选择了安逸，就注定要在该享受的年纪奔波劳累。

"今天工作不努力，明天努力找工作！"

二十多岁的年纪，正是为事业全力以赴的大好时光，再多的困难都不要害怕，再多的孤独都要独自走过——学会面对人生路上的挫折，你才有资格享受日后的丰盈与美好。

大城市里人很多，车很多，孤单也很多。

每个人都行色匆匆，有自己要努力奋斗的未来。有时候，当人们遇到了创伤，总希望不远处能有一个人给自己以安慰、鼓励，哪怕只是坐在一起，什么话也不说。

可是，这样的时候毕竟是少的。想要拥抱辉煌，就要学会享受孤独。

陈奕迅用有些沙哑的嗓音唱道："我内心挫折，外向的孤独患者，需要认可。"但大部分时候，根本没有人认可，能够陪伴你的，始终只有自己。

但其实，孤独岁月才是最好的修炼时光。

我的一位前同事小晴，当我们一起在文化传媒公司共事时，她就无数次跟我透露，想要跳槽到一家影视传媒公司去做影视策划。

当时，小晴已经毕业三年了，一直做着图书编辑的工作。她说电影几乎是她这一生的追求，那些光影之间，有她最温暖和执着的梦。

2014年，小晴真的辞职了，开始试着做影视策划。

我认为小晴的辞职有些冲动，并不看好她未来的发展方向。

果然，两个月以后，当我再见到小晴，她整个人瘦弱得令人吃惊。吃饭时，她愁眉不展地将这段时间的遭遇告诉我。

面对小晴的忧伤，我什么都做不了，只能安静地陪在一旁。

小晴说，辞职以后，她很努力地准备了面试简历，一天都要发几十封，可是得到的回应却很少，大部分邮件全都石沉大海。尽管如此，她依然感到开心，觉得至少离自己的电影梦又近了一步。

接下来，她搜肠刮肚写了几篇影评，可以说是发挥出自己最好的水平了。去面试时，也精心地打扮过自己，穿了一直没舍得穿的名牌服装。

可是，几场面试下来，通过与面试官的交流，她的信心逐渐削减了。

走出应聘的最后一家公司时，她再也按捺不住内心的悲伤，躲到办公楼的厕所里痛哭了一场。那一刻，她头发凌乱，妆容也花了。

小晴说，她真的没想到，想要进入影视行业竟有这样困难。对照那些硬性条件，她既没有一千部的阅片量，也不会写剧本，更不会写电影策划案，没有什么娱乐圈的人脉资源。

种种迹象看起来，她无论如何都不可能成为一名影视工作人员。

我在一旁听着，真的不知道该要怎么安慰她。那天，曲终人散，连我们的告别都有些心事重重。

因为工作忙碌，那以后有很长一段时间，我跟小晴都没什么联络。直到有天接到她的电话，约我在某个地段的餐厅吃饭。

一见面，小晴就有些兴奋，眉宇之间皆是意气风发。她告诉我说，她明天就要正式入职一家影视公司啦！

听到这话，我有些诧异，连忙追问她是如何"逆袭"突围的，然后就听到一段关于"宅女修炼成功"的故事。

面试结果的确令小晴很痛心，但她只给了自己一天的时间用来伤感。那之后，她不再随随便便就投简历，或到处跑去面试，而是总结这几次面试官所提出的要求，将其一一详细地列在笔记本上。

为了提高阅片量，她把自己关在房间里没日没夜地看电影，从悬疑、惊悚到爱情、喜剧，每种类型片都看，当然也温习了不少经典影片。

然后，她又从网上找一些经典剧本，学着分析、思考人物之间的设定等，直至开始尝试写出第一个字。

那段时光，当然充满了孤独，也有对未来的种种怀疑，但她没有停止前进的脚步，内心好似总有一腔热血，随时都能澎湃起来。

四个月的时间下来，她几乎快要变成一个超级宅女了。要知道，以前她可是很喜欢逛街的人，现在竟然可以为了心中的理想，把自己的生活模式都大变样。

小晴说，看完影片的时候是最孤独的，想要跟人分享一些自己的看法，却发现空荡荡的屋子除了自己，再也没有别人。

有阵子，这座城市的天空万里无云，阳光从窗台倾泻下来，惹得她也很想出门走走、到处逛逛，可是一想到那个梦想，还是忍了下来。

当她接到录取通知时，仍感觉整个人像在梦中。

倒是第二天她才惊讶地发现，经过这四个月的努力，自己的确累积了不少的阅片量，对剧本的创作也有了一个大概的了解，甚至，还机缘巧合地从网络中结识了几个志同道合的朋友呢！

孤独岁月，是一个人最好的修炼时光。没有任何繁缛的事情可以打扰，清清静静的修行——你想看书，想看电影，想写点东西，都可以。

这一段无人打扰的时光，只要你好好利用，终究会变成值得回忆的过往。

反之，那些一空闲下来就嚷着寂寞，总要靠着别人的陪伴才能支撑一段岁月的人，都是江湖中名不见经传的"寂寞空虚冷"。

这世界上还有些人，就是连去厕所都迫切需要有人陪着才行。比如我的一位好友前阵子来北京，就因为我工作太忙抽不出时间，她整整两个礼拜都只是宅在家里哪里都没去，心心念念的故宫、北海、颐和园，仍然只是通过电视或网络看看它们的风采。

孤独岁月是最好的修行时光。你如何面对孤独，就将如何迎接成长。

3. 成年人的生活没有"容易"二字

拼上你的全部去努力，天黑之前终能抵达理想目的地。

我的姑姑是个女强人，她自己开了两家公司，打拼多年后，已在这座城市购置下两套房产，户型都不错，落地窗是我梦想中的模样。

周末，偶尔我清闲下来会去姑姑家做客。

因为有专人清洁，姑姑家的房间总是一尘不染，阳光洒遍地面。但是，卫生间太过干净，我关上门的那一瞬间，总生怕自己不够仔细使它变脏。

心底那份小心翼翼的自卑感，总悄悄钻出脑袋，或者是姑姑同我吃饭的时候，或是她叫我一块儿上街购物的时候。

出门的时候，姑姑开车，即使副驾驶座位上没人，我也丝毫不敢僭越。我每次跟家里打电话，都会说自己有多向往能够过上姑姑那样的生活。

可是，就在前不久，像往常一样我去姑姑家做客，还特地在楼下的水果店买了新鲜的苹果和橘子。

按门铃，姑姑过了很久才来开门。

一进门，我就注意到了姑姑脸上的泪痕，虽已经明显地收拾过，可还是遗留下了红红的印记在眼窝里。

我想问她怎么回事，但没好意思开口。

虽然姑姑是我在这座城市的唯一亲人，但她是个女强人，我从来不敢在她面前轻易造次，现在就连关心也做不到了，只是默默地坐到那张我熟悉的浅绿色沙发上。

过了许久，姑姑轻轻坐到我的对面，忽然像个多年未见的朋友一样，说了一句："今天不出去了，聊聊心事好吗？"

我一下愣住了，然后耸耸肩膀："没问题啊！"

姑姑这是第一次跟我聊自己的脆弱。

以往，她总是像个女汉子一样，告诫我既然来到异乡，就不能够有投机取巧的心理，一定要靠自己的努力混出个人样，还讲了一些听上去很苛刻的人生道理。

我对此表示并不反感，想着或许正是因为这些，她才能够过上今天的日子吧。

但现在不一样了，她不但很温柔地讲着话，眼眶红红的似乎又要哭了。她难过地告诉我，姑父要跟她离婚了——其实她早已经失去了美满的婚姻，现在只剩下两套房子了。

短短 20 分钟，我读完了一个女强人坚硬的外表下，那无比悲怆的人生。

姑姑和姑父结婚十多年了，为了事业，姑姑主动放弃了生孩子的机会，全身心地投入到工作中。

随着经验越来越丰富，人脉越来越广，五年前姑姑赌上自己的全部家当，开了一家代理公司。如今五年过去了，她付出了全部的努力，终于将公司打造成某品牌的第一大代理商。

白手起家，今日的辉煌是以十多年的艰辛付出换来的。

她原本以为，经济条件宽裕了，她跟姑父的生活就会变得很好。却没想到，因为这些年的忙碌，两个人的感情越来越淡薄，加上他们之间没有孩子，很多家庭矛盾凸显出来，到她想要解决的时候，发现这些问题已经打成了死结。

姑父不是那么上进的男人，他一直跟姑姑请求说想要个孩子。可每次，姑姑总是要跟姑父大吵一架："那我的工作怎么办？事业怎么办？"

于是，她的公司稳定地向前发展着，事业有成。但家庭，却终于面临瓦解。

我曾去过姑姑的办公室，在一幢很高的大厦里，办公室布置得也很精致：色调是清雅的浅绿，跟家里的沙发是一样的风格；办公桌上整齐地摆放着许多文件，错落有致；花瓶里插着娇艳欲滴的红色玫瑰，散发出清幽的香气。

不管是从哪方面看，这个女人都从容、优雅，让人心生敬畏。

可谁能想到，在结束每一天的忙碌工作后，关掉办公室的灯，用钥匙打着车，她却不知道开去哪里。

曾经，我以为姑姑很完美，一直都是我心中的榜样。那天之后，我才明白了那句话："成年人的生活里没有'容易'二字。"

你看上去的那些令人艳羡的生活与光彩，都是那个人承受着超越旁人的痛苦、付出了别人想不到的代价换来的。这世上或许根本就没有十全十美的人生，看你要选择哪一种。

离开姑姑家前，我很想问她对这一切后不后悔，但最终也没有开口。

下楼的时候，我对着那个熟悉的窗口望了一眼，得到了我想要的答案——此时此刻，她像电影《花样年华》里终于将秘密说给树洞听的周慕云一样，卸下了心中负担，脸上重又展现出笑容。

我们常常羡慕别人的生活，自以为已经足够了解其中的一切——我们看着别人风光，看着别人在这座城市里买房买车，生活安定富足，我们以为那里面全是照耀不到自己的光辉，却忽略了这繁荣背后深藏着的令人心惊肉跳的巨大荒凉。

再来讲一个朋友的故事。

进入社会以后，我们不再到学校上课，却还需要保持不断学习的能力。KEN 很喜欢看电影，她对这个世界的认知，很大一部分都来自电影和书籍。

高尔基说："书籍是人类进步的阶梯。"可惜偌大的城市，仅有一部分人把这句话当成了人生真谛。

遇到 KEN，大概是我这辈子最幸运的一件事了。最近，KEN 很喜欢电影《天气预报员》里的一句话："成年人的生活里没有'容易'二字。"

记得上次见面时，她很固执地向我推荐这部电影。当时我就觉得，可能这部电影确实触动了她的某些情感。

我很羡慕 KEN 能有很多时间去看电影。

一天只有 24 个小时，我不知道这个家伙怎么能用一多半的时间都去看电影。直到有天我接到 KEN 的电话，她被意外地锁在了办公楼。

KEN 所在的公司是一家影视集团，她对电影有着近乎疯狂的热爱，为了每天能有足够多的时间看一到两部电影，她每天都会主动留下来加班，且不要加班费。

她加班的目的，是为了把第二天的文案任务提前完成一半，好留出固定的时间用来看电影。用她的话说，"既然选择了影视这一行，就要全身心投入地去做；既然注定要看很多电影，就算没有时间也要挤出时间去看。"

作为一名普通的编剧，KEN 的理想是将来能够写出一部票房大卖的电影。"不是那种投机取巧、滥竽充数的商业片，而是真正有内涵的，让人看过以后铭记在心的经典电影。"KEN 自信满满地说。

所以为什么同样的时间，别人却完成了在你看来难以想象的事情，做出了令你感到惊讶的成绩，其根本还是因为遵循了鲁迅的道理——时间就像海绵里的水，只要愿挤，总还是有的。

而 KEN 看似轻松言笑的背后，是她无数次用与时间赛跑的努力，换来的一份惬意。

那之后，我再也不讥讽她是个只知道娱乐的文艺青年了。毕竟，在还没有真正了解别人的生活前，谁都没有资格对别人的一切妄下评论。

后来，我终于看了那部令 KEN 念念不忘的《天气预报员》，里面有句经典台词这样说："要得到有价值的东西，你就得做出牺牲。你知不知道，难做的事和应该做的事，往往是同一件事，凡是有意义的事都不会容易。"

现在的我，已经不再整天埋怨梦想足够大而时间不够多了，也不再觉得已经很努力却没有好的结果……我知道，每个人的生活都不容易，别人可以带着微笑战胜困难，我也一定可以。

最好的人生，从来不是一马平川、风平浪静的，而是一路乘风破浪、披荆斩棘；最好的生活，也从来不是一成不变，如一潭死水，而是靠努力一点点把它过成自己想要的模样。

给自己莫大的鼓励，让自己去向往的地方，去实现最美的愿望，走过一个又一个路口，你终将迎来绽放的花期。

成年人的生活里没有'容易'二字，太容易得到的东西谁又会去珍惜？拼上你的全部去努力，天黑之前终能抵达理想目的地。

4.那些措手不及的暴风雨，会让人演奏出生命的最强音

别去理会别人的杂音，你的人生指挥棒一直会握在
自己手中。

我听过这样一个很有趣的小故事：从前，一个人家的菜园
里有一块大石头，每天到菜园劳作的人，总是一不小心就被这
块石头碰伤。

次数多了，女儿就问爸爸："为什么不把那块讨厌的石头
挖走，放在这里多碍事啊！"

爸爸却笑着说："那块石头从你爷爷在的时候就一直放在
那儿了，那么一大块是不容易挖动的，不如留下还能训练我们
的反应能力。"

后来，女儿长大了，有了自己的小家庭。

一天，她带着自己的孩子来到菜园里摘菜，突然远处传来"扑
通"一声，她回头一看，原来是儿子摔倒了，就像她小时候一样，
被那块大石头绊倒了。

她赶紧跑到儿子身边，把他扶起来。这时，儿子对她说："妈妈，这块石头太碍事了，我们一起把它挖走吧！"

她笑着说："傻孩子，以前我也让你外公挖过，可是这块石头太重了，就让它一直待在这吧，你走路小心一点就是了。"

孩子虽然冲妈妈点着头，却转身就找来了小铁锹，一下一下使劲挖着石头。不一会儿，他就满头大汗，可他坚决不放弃，休息了一会儿，就继续干活。

终于，这块石头变松动了，原来它并不像表面看起来那么牢固。

很多事情如果你不亲自去尝试一下，永远不能搞清楚事情的真相。就像这块石头，其实它本身不是一块顽石，是你的心里长了一块阻碍自己前进的顽石。

在日常生活中，这些顽石有些代表别人对你的评价，有些则是你对自己不够坚定的看法。

当你因为表现不同而受到周遭人的歧视、质疑和指责时，你恰恰应该比以往更坚定——要知道，总有人在过着一种与众不同的生活，只要这种生活是遵从内心的，是你向往和享受的，便是值得尊重的。

可在现实生活中，人们习惯于效仿，觉得与大多数人一样会让自己有安全感。为此，常常因为别人的三言两语就擅自改变自己的本意，比如：

别人说几句"年纪大了就应该早点嫁人"，我们就会感到心慌，哪怕目前确实没有合适的结婚对象。

别人说几句"在外面混再久也只是浪费生命挣不了什么钱，还不如早点回家算了，生活还能稳定一点"，我们就会动摇在外面闯荡的决心，哪怕心中还有梦想等待实现……

当你越来越不相信自己的选择，对未来的方向失去了辨认，头脑就会容易陷入混乱，会对面前的一切产生犹豫，更加没有自己的主张，生活也随之变得更加慌乱。

为了要把生活变得简单一点，摆在你面前的首要任务就是坚持信念：我的未来我做主。

著名励志作家路易士·宾斯托克说："真正的勇气就是秉持自己的信念，不管别人怎么说。"哪怕全世界都反对，只要你坚信自己是正确的，就请坚持你的信念，无怨无悔。

第一次看到刘伟，是通过一档卫视的选秀节目。

当他用一双脚弹奏出一首完整而优美的钢琴曲时，我彻底被其折服了。正如主持人说的那样，难以想象这位失去双臂的男生是如何变成一位"钢琴王子"的，但可以肯定的是，他为此付出的辛苦一定是常人难以想象的。

小时候，刘伟在野外跟小朋友玩游戏，不小心触到了高压电，一阵眩晕之后就倒在了田地上。几个小时过去，等他在手术室醒来，便永远地失去了双臂。

这对一个刚刚年满十岁的孩子来说，是一件多么残忍的事情，可刘伟并没有轻易放弃自己的人生。

在母亲的泪水中，他开始学着如何用双脚洗脸、刷牙，甚至是洗衣服、做功课，更没有因为自己是残疾儿童就放弃读书，反而变得比以往更加用功。

刚开始，他很久都碰不到自己的脸，双腿弯曲的时间一长，还会产生撕裂般的疼痛。写作业时，脚指头因为不够灵活总是夹不住铅笔。但他咬牙坚持着，小小的他知道，灵活运用双脚是他今后唯一的希望。

皇天不负有心人，随着他的多次练习，渐渐地，他可以很好地掌控自己的双脚了。后来，他甚至报名参加了学校的游泳课，还取得过不错的成绩。

一次偶然的机会，刘伟从收音机里听到了一首美妙的钢琴曲，他入迷了，马上跑到妈妈跟前说："妈妈，我想学音乐。"

在妈妈的支持下，刘伟报了钢琴班，跟老师学习了初级知识后，便开始了艰苦的自学。

周围有人不相信刘伟能弹钢琴："钢琴对于正常人学起来都困难，一个残疾人能行吗？他玩腻了，新鲜劲肯定就过去了！"

听到这样的话，刘伟并不心急，他心里明白：只要坚定信念，未来就在自己的手中，而不在别人的口中。

确实，学习钢琴对于正常人来说，如果没有大量的练习，没有坚持的勇气，也是很难学成的——况且刘伟是一个失去双臂的孩子，他只能用双脚来弹奏钢琴。

但他始终没有放弃，硬是靠着一股顽强的毅力，日复一日地练习。

终于，他成功了。当他能用双脚非常流利地弹奏出一首贝多芬的《命运交响曲》时，就已经向这个世界证明了自己的成功。

当我们在追寻梦想的路上遇到挫折的时候，当我们偶尔受到别人的白眼，被别人嘲笑而踌躇不前的时候，想一想无臂少年刘伟的故事，大概对未来的信心就会坚定许多。

很多时候，成功依靠的是个人自身的能力，但更要靠一股坚持的勇气。

受控于别人的看法而左右摇摆的生活，不会幸福——让思路清晰一点，让信念坚定一点，别去理会别人的杂音，你的人生指挥棒一直会握在自己手中。

5. 现在不努力，将来就会更艰难

> 每个年龄段都有其自身的责任和义务，到了什么年
> 纪，就该做什么事。

我曾经以为，二十多岁时是自己人生中最艰难的时刻。

那时为了一份并没有未来的爱情，独自坐十几个小时的火车到另一座城市与喜欢的人相见；为了一份薪水不多的工作，加班到深夜，然后在天亮后拖着疲惫的身体回家；生病了没有家人的照顾与陪伴，一个人去医院输液，回来时又碰上了一场大雨，从头到脚都被淋了个遍……

直到春节回家，亲眼看到眼前的一幕幕画面，我才由衷地感觉到：二十多岁并不是一生中最难熬的时光，甚至说，如果现在不努力，将来只会更加艰难。

有一天，哥哥的几位同学来家里找他。时隔这么多年，他们几个人依然说说笑笑，感情好得像小时候一样。

为了招待老同学，哥哥特意下厨，要烧几个菜。开饭前，其中有位个子高瘦的男人向我打听："北京有什么我能做的工

作吗？家乡这边的待遇实在太少啦，很难养家糊口。"

说话的这人我认识，以前好几次见过他来我家做客。

此时此刻的他，穿了一件崭新的棉衣，脚上是一双油光锃亮的黑色皮鞋。再看他的脸，眼角已经有了岁月的痕迹，几条皱纹会在他笑或说话的时候跑出来。

令我惊讶的是，只是四十岁的年纪，他已经满头白发。

"你都会干什么呢？"我没有直接回答他，而是这样问道。

"开车，我从技校出来就一直给矿上的领导开车，互联网我不懂。"他马上回我。

"那你到大城市里也只能找份相同的工作，或者学个装修从最简单的学徒开始做。"

听了我的话，他马上低下了头，沉默着不再说话。

那一刻，我能感受到他内心的挣扎，特别是在这样一个看似喜庆的节日里，他的内心并不轻松，仍在为生计发愁。

我也能想象到，作为一个四十岁的中年男人，上有老，下有小，他有太大的压力。

我想，当我活到四十岁的时候，也会像他这样愁眉不展为了养家而犯难吗？当我到了那个年纪，我有没有实现自己当初的愿望，或者靠自己的能力把一家老小都照顾妥当呢？

我不敢轻易就下结论说他年少的时候一定不曾努力，因为我根本不了解人家的过去。

后来，我听家里人说，我哥哥的那位同学，在一开春就背上行囊去了大城市。母亲还跟我说，那么大年纪的人了，出去跟二十多岁的年轻人竞争，能拼过什么呢？

可是我却不这样理解，四十岁也并非到了就该享受的阶段，在大城市，很多五十多岁的中年人都在努力拼搏。哪怕他没有任何优势，只要有这份努力的决心，有这份勇敢尝试的决心，就已经是个了不起的人了。

人一生所要受的苦，终究会一一到来。"躲得过初一，躲不过十五"，现在不努力，将来只会更艰难，所以，吃苦要趁早。

我姐姐也是在刚毕业时就独自出去闯世界了。那半年，她几乎很少给家里打电话，每次都只是简单报个平安，闲聊几句就挂了。

我让她拍几张住处的照片给我看，她每次总是回绝："有什么好看的，等你来了自然就能看到。"

后来我才知道，大城市的生活并不像想象中那么好。

姐姐不拍照片给我看，只是因为她住的地方真的很简陋，十平方米的屋子仅有一张单人床，一把小凳子，半夜想要上厕所还要穿上衣服到楼下，睡觉的时候偶尔能听到老鼠啃木头的吱吱声。

后来，当我得知了这一切，有些感伤地打电话问候姐姐。她还半开玩笑地跟我说："你知道吗，在这座城市里有很多像我这样蜗居的人，要租一间带卫生间独居的房间要贵很多呢！"

我说："姐姐，实在辛苦就回家来吧，至少家里有干净舒适的床铺，有妈妈亲手做的可口饭菜，什么都是现成的。"

可姐姐说："不要，我觉得待在那里挺好，我已经长大了，应该学着独立生活。等以后条件好了，还要把妈妈接到城里住。"

老人们常说，每个年龄段都有其自身的责任和义务，到了什么年纪，就该做什么事，这样的人生之路才会越走越顺，越走越精彩。

二十多岁正是一生中最美好的时光，年轻人理应拿出全部的精力去奋斗，去吃苦。如果你因为害怕承担责任，不想辛苦就选择逃避，那么以后当你老了，就更加无依无靠，生活将更艰难。

每个人活在这个世界都只能靠自己，对于女人来说，也是一样。我从来都不相信那种所谓"嫁人是女人第二次改变命运的机会"之说，就算你嫁了一个很有钱的人可以少奋斗、少辛苦十年，那你老公呢？

你要知道，你不用付出只是因为他一个人扛起了两个人的责任，所以你才会感到轻松。

不想将来更辛苦，那就趁着年轻投入战斗吧！

6. 你以为是别人不够努力，其实是你不够聪慧

你所看见的自以为是真理的一切，说不定只是那个人身上的冰山一角。

很多时候，你以为是别人不够努力，其实是你不够聪慧，没有看到别人的付出，也没有看到自己有多愚昧。

真相，有时候要靠心看，而不是眼睛。

读初中时，班上有个留着平头的男生令我印象深刻，他总是在上课时睡觉，却总能在每次考试中轻轻松松拔得头筹。

奇怪的是，我从未见过他在课外上辅导课，只是跟我们一样写写作业。

为此，很多同学都给他起了个外号，叫作"神童"。

神童很喜欢玩，每次下课铃声一响，他立即就会睁开眼，吵着闹着跟前后桌的同学侃大山。

神童也很喜欢理科，尤其喜欢做实验。每次上物理课、化学课，神童准是不睡的，不等老师点名，他总是很积极地举手，主动要求参加实验，以至于上台的次数太多，老师都不愿意再

“搭理”他。

如果不是一次无意发现，我想我这辈子都会认定嗜睡却成绩好的“神童”是靠老天爷吃饭的。

事情发生在一个夏天。一天晚自习前，我从厕所出来正要回教室，却在不远处的角落里看到一个瘦小而熟悉的身影。

此刻那个身影正蹲在地上，手里不知摸着什么东西。好奇心驱使我走上前去，近了才认出此人正是神童。

“你在干吗？”我大声问道。

神童似乎一点都没被我吓到，看到有人过来，反而很开心地向我招手，一边笑一边说着：“你走近点看，这好像是四叶草啊！”

我吃了一惊，要知道在那个时候，学校正在流传关于四叶草是幸运草的传说，能够找到四叶草的人也就代表着一定能获得幸福。

于是我走上前去看，草丛中果然有株小草与别的植物不同，浅绿色的叶子，不多不少刚好有四片。

“只是这形状怎么看起来有点怪啊？”我问神童。

他“扑哧”一下笑了，露出一排洁白的牙齿：“傻呀，这是我刚刚研制出来的四叶草而已。”

我这才反应过来，原来他是把草上其他的叶子摘掉了，只剩下了这四片。

神童大概是看出了我的疑惑，他说：“我每天上晚自习前都会来这里走一走。操场这么宽阔，围墙下生长着很多不平凡的小生命，就算它们不是什么真正的奇花异草，也总有可爱之处吧！"

我这才想起，神童书包里常常会散发出一股怪怪的味道，后来才发现那是他跟老师要的做完实验后剩下的硫酸铜、碘酒什么的。

那一瞬间，我忽然明白神童为什么成绩那么优秀了——他看似没有认真听老师的讲课，却会在课下亲自动手把所有功课都弄清楚。

比如化学，他会利用那些剩余的材料做实验，弄清楚它们之间的化学反应；比如生物，他会利用一切可利用的条件，去寻找一些植物，进行观察。

毕业前夕，大家都互相赠送礼物，神童送了我一个他亲手制作的蝴蝶标本。为了打消我的顾虑，他特意告诉我说，相框里的那只蝴蝶在被制成标本以前，就已经死掉了。

当我们不了解一个人时，最好不要妄下定论——你所看见的自以为是真理的一切，说不定只是那个人身上的冰山一角。

就像神童，其实他跟班里的很多普通学生一样，没有太多聪颖的天资，只不过是找到了最适合自己的方式去学习。

而那种只看到别人睡觉却没看到别人用功，而想当然认为别人不够努力的行为，是愚蠢的，更是可怕的。

或许你身边会有这样的同事——他上班经常迟到，每个月还总要请那么一两次假，却总在年会中受到领导的表扬，升职加薪也都比你快，你为此一直耿耿于怀表示不服。

可你扪心自问，是否真的看到了别人的全部？

当你惬意地享受着每个周末、假期时，这位同事却在陪着老板到处应酬；当你早早地收拾工作包准时下班时，这位同事却在为新的策划方案忙得热火朝天；当你打游戏、刷淘宝、聊微信时，人家却在写策划案、整理文件、联系业务……

慢慢地，你就会发现，当公司有任何重大难题时，第一个在前面冲锋陷阵的永远是这位同事。所以，当只盯着别人并不太好的考勤认为他不够努力的时候，正是自己露出愚蠢的一面！

那些谦虚的人，总会把自己的成功说成是一种幸运，正如很多明星在接受采访时总会说，当初只是很幸运地考上了戏剧表演专业，才有了今天的成绩——如果你把这话当真，那就说明你太天真了。

谁都知道，想要成功需要付出很多努力和心血，需要吃很多苦，需要熬过一段相当长久的黑暗岁月。想想现如今在艺坛上大红大紫的那些名人吧，有哪个不是从一个小角色开始的？

歌手杨坤在未成名前，住在北京某处的一间地下室，最穷的时候甚至买不起一顿午饭；周星驰在成为星爷之前，曾跑了十多年的龙套，用他在《喜剧之王》里的台词来说，那时候就是个"死跑龙套的"；而已经去世的张国荣也曾因卖不出一张唱片被签约公司嫌弃，最终遭解雇……

当他们成功了，嘴角的那一抹微笑似乎显得那样的云淡风轻，对过去的那些苦难似乎也并不多么在意，可只有他们知道自己挺过了怎样的险境。

当然，他们也不会告诉你这个过程有多难，但其实聪明人都懂得，那一定是赌上、拼上了自己的所有，才换来今天的成就。

人们总会轻易地去羡慕别人所拥有的财富、地位、名声，却从不愿花费心思去思考、体会他们的奋斗历程。

做一个智慧的人，就要相信大多数人的智商都差不多，不要迷信谁是天才，人与人之间之所以出现差距，是因为在别人看不见的时候，努力程度的不同而已。

7.拼尽全力，把今天当作人生中的最后一天

冲吧，少年，不要等明天才励志。

韩剧《我叫金三顺》中，主人公是一个胖胖的女孩，对待恋爱很认真，却因为外表丑陋而被男友甩了。

后来，她凭借出色的技艺应聘到了一家蛋糕公司，迷恋上了又帅又年轻的"鲜肉"店长。

为了得到这份爱，金三顺可谓付出了莫大的勇气以及全部的努力。当然，电视剧最后的结局自然是他们走到了一起。

剧中有一段很激励人心的台词值得我们学习："去爱吧，像不曾受过一次伤一样；跳舞吧，像没有人会欣赏一样；唱歌吧，像没有人会聆听一样；干活吧，像是不需要金钱一样；生活吧，就像今天是末日一样。"

这种态度真是超脱。

当生命的期限越来越近，当人们意识到就快要失去某样东西时，我相信，任谁都会感到恐慌——因为不想失去，所以才要用力。所以，就像今天是最后一天那样去生活，要表达的正

是一种积极向上的力量，誓要把一身的精力都用完，不计任何代价与回报，酣畅淋漓地活一场。

可是，很多人想到没有明天了，就一下陷入了消极、颓废、死气沉沉的生活。

同事张姐经历过一次不幸的婚姻，从那以后，她便开始有意远离所有男性，除了必要的工作联系，一概不参加任何有男性在场的聚会。

很多同事都劝她不应该有这种荒诞的想法，没必要因为一个男人就把自己的心完全封锁起来，可是劝说并没有用。

张姐那时还年轻，刚刚 32 岁，按理说，她应该好好调整一下心情，重新迎接一个女人的美好生活。但事实却是，从离婚的那天开始，她就好像步入了一个无人知晓的黑洞，好几次从噩梦中惊醒。

渐渐地，她的精神越来越不好，也不再向往婚姻。后来，周围的同事都开始不愿靠近她，因为怕被她的负能量传染，变得不热爱生活。

张姐似乎也发现了这一现象，可是她仍然没有选择改变，每天对生活露出一副苦瓜脸。她常常对我说的两句话就是，活着真是一件痛苦的事，以及天下没有一个男人是好东西。

可想而知，她的人生该是多么痛苦。可她没有意识到，这种痛苦恰恰是自己带来的，所以她把活着的每一天，都变成了真正的世界末日。

然而，公司另外一位王姐就不同了。

35 岁的王姐结婚很早，现在已经有了一个年满 11 岁的儿子。王姐的生活也很不幸，倒不是因为离婚，而是丈夫五年前在跟一帮朋友聚会时，因为喝了太多酒而不小心酒精中毒，最终导致瘫痪在床。

一个活生生的正常人，一夜之间变成一个连话也不能说的"废人"，这对王姐是很大的打击。事情刚发生的那半年，王姐几乎天天以泪洗面，当时孩子就要上小学了，家庭的重担、孩子的学费全部都落到了她一个人的身上。

为了不让整个家庭垮下去，王姐最终还是决定擦干眼泪，咬牙跟生活死磕。她对我说，事情已经这么糟糕了，她不怕还会更糟。

如今的她，真的把活在世上的每一天都当成是最后一天在努力。

过去的几年，她连续三次被各部门领导推荐，被公司评选为年度优秀员工。后来，还曾被选为当地最具劳模精神的优秀代表，并两次登上当地晚报的头条。

看看现在的王姐，面色红润气质好，不但自己一手把儿子带大，多年来更是对瘫痪在床的老公不离不弃。一家人的生活和和美美，丝毫没有因为那次不幸而损耗一丁点的幸福感。

同样令人难过的遭遇，为什么他们的生活却天壤之别？为什么两个都觉得是世界末日的人，一个最终收获了美满，一个却最终变成了人人都嫌弃的怨妇？

其实，把今天当作末日来生活的人有两种，一种是消极不能自拔，深陷泥潭而不愿面对现实的弱者；另一种则是积极勇敢，不愿向现实妥协的勇士。正是对待生活的两种完全不同态度，才造就了他们各自的人生。

到现在，我仍然跟王姐保持着很好的友谊，却同张姐早已不再联系。

去年，一个很偶然的机会从其他同事那里听到，张姐辞掉了工作，已经回老家了。我听到这个消息的第一反应，竟没有一丝的讶异，只感觉从心里替她松了一口气。

或许，对于她来说，城市早已变得荒芜，老家才是能让她安心的地方。

我们所有人最后都会离开这个世界，只是在那天到来之前，真心希望所有人能把今天当成是生命里的最后一天，全力以赴去学习、工作、恋爱、生活，就算最后事与愿违，至少不会留有遗憾。

就像在一次奔跑中最后冲过终点时大汗淋漓一样，那种久违的感觉你多久没有体验过了？拼尽全力，把今天当作是最后一天，你就能拥有这种无比珍贵的体验。

冲吧，少年，不要等到明天才励志。你所需要做的，就是立即行动，去做任何一件你现在就想要做的事。

第六章

你敢付出勇气，才能改变生活的格局

· 你敢无比纯粹地勇敢一次吗？

· 去做更有挑战的事，能力都是培养出来的

· 再不勇敢一次，你就真的老了

· 会把握现在的人，才有能力把握将来

· 世界上有一群人，敢于放弃稳定的生活去拼搏

· 就算上帝开错了窗，也别停止打开一扇门的勇气

· 尝试改变，永远不会只有一条出路

· 问问自己，你有没有为自己竭尽全力

1. 你敢无比纯粹地勇敢一次吗?

记住，曾经的你在远方，最好的你在路上。

我们的身体里有一种叫生物钟的东西，总会在潜意识下带着我们去往熟悉的地方，做熟悉的事情，一切都在"安全领域"的范围内。

有的人待在自己的安全领域里就这样过了一辈子，也很惬意。但也有人走出了这片熟悉的领域，只为看到更多未知的精彩领域。

我的哥哥一直在钢铁行业工作，近几年，因为钢铁、煤炭行业的产能过剩，哥哥所在的企业几乎全年停产，为此引发了一系列的裁员。

所幸的是，哥哥因为工龄超过了十年，暂时安全，只是薪资有所变动，由原来的四千降到了三千。这对承担着一家五口人生计的他来说，是很大的打击。只要我一回家，常能看到他愁眉不展的样子，我知道，他在为未来发愁。

对于三十岁的我来说，工作上有变动还可以承受并很快会好转，可对于如今已经四十岁的哥哥来说，真可谓牵一发而动全身。如果他真的辞掉稳定的工作去做别的，不敢保证将来就一定会比现在过得好——毕竟社会进步得如此之快，他对互联网也一窍不通，真的不知道能做什么。

我能体谅他的顾虑，但并不支持他继续留下来，这看似稳定的工作，其实是一种勉强，一种苦撑——因为这种稳定，注定给不了他任何进步、上升的空间，反而带来的是一种更深的绝望，就像一个得了癌症晚期的人，只剩下苟延残喘。

离开家之前，哥哥仍未做出决定，我以为他这一生就是如此了。却没想到，某天下午我接到他打来的电话，告诉我说自己已经申请辞职了，现在正在找工作。

挂掉电话，我衷心地为哥哥这个决定感到开心，更多的是敬佩。

一个礼拜后，哥哥又打电话告诉我，他已经获得了新生。

改变，并不全然是一件坏事。

对于像哥哥这样的人来说，人生最好的前 20 年全部奉献给了看似铁饭碗的行业，那么，在接下来的人生中，给自己一个纯粹勇敢的机会，就能拥有完全不同的另一片天空。无论精彩还是平凡，在他做出决定的那一刻，已然值得敬佩。

在现实生活中，很多人不是败给了别人，而是败给了自己。就拿早起这件事来说吧，有多少雄心壮志的美好理想，都夭折在一觉睡到上午十点的梦境中。

我曾经也是一个非常热爱制定计划的人，但我的失败之处就在于，计划做得波澜壮阔，行动却如同是巨人面前的侏儒。终于，长久赖床使我的身体素质急剧下降，我从一个体格原本很棒的人，变得总爱生病。

以前，几年都不会感冒一次的我，现在每次换季都要吃药打针，严重的时候还要连续输液。更加严重的是，一直向往的旅行也因此被耽搁了好久。

当一次我克服困意在清晨醒来，走在路上时，我惊喜地发现天空竟如此清亮，人群也不拥挤，时光也可以静若处子——一天突然被无限拉长，真有一种"赚到了"的感觉。

就是这么一次突破的尝试，我度过了一个非常充实的周末。

一次突破，带来的是不一样的体验，尝试过之后，你会爱上蜕变的自己，爱上新鲜有活力的人生。

其实，面对爱情又何尝不是如此呢？很多事情思前想后，在没行动之前的确无法预料可能会发生的后果，但只要给自己一点勇气，勇敢地接受挑战，改变一下，走着走着，你将遇见更好的自己。

太多太多的事例，都说明"既然选择了远方，便只顾风雨兼程"。

每个人都要对自己的人生负责，也只能对自己的人生负责，要知道你永远叫不醒一个装睡的人，你也永远等不到一个不爱你的人。

哪怕只是无风无浪很平静的生活，偶尔做出一点改变，不也能给自己多些乐趣吗？

曾经，我的邻居小扣非常不喜欢做饭，可是有一天他突然变了，买了锅碗瓢盆自己动手做起了饭。

后来，他竟然凭借精湛的厨艺吸引到一位女生做女朋友，而自己的饮食也变得规律起来，生活变得井井有条。

我有一位女性朋友，从小就性格豪爽，活得像个爷们，于是有了很多朋友。可是她对妆容却从不在意，始终不会穿衣打扮，因此，虽然很多异性都表示对她很有好感，接触久了却只能做哥们。

后来，她自己也意识到了这个问题，不但买来化妆品认真打扮自己，还买了很多时尚杂志一点点学着搭配。

几个月后，当她再次出现在我们面前时，已经是一只彻头彻尾的"白天鹅"了。

可想而知，有多少原先跟她成为哥们的异性朋友，又想重新开始追求她。

必要的时候，拿出一份纯粹的勇敢。

这份勇敢，将见证和成就你的与众不同。或许在做出这个决定时，你会因未来的不确定而产生质疑；也或许这种改变，听上去有些辛苦，但只要你真正拥有了这份勇敢，就会觉得持续的努力是种莫大的快乐，甚至是一种幸运。

归根到底，人在这个世界上的敌人只有自己。所以，从现在开始，拿出一份纯粹的勇敢，给自己一份全新的生活吧！

记住，曾经的你在远方，最好的你在路上。

2. 去做更有挑战的事，能力都是培养出来的

一个人不要轻易地否定自己，做某些事没有经验不要紧，人活着就是要接受不同的挑战——能力都是培养出来的。

兰心是一家公司的职员，对待工作，她一直非常认真，并深切地渴望自己的努力有天能够为领导所承认。

晓红与兰心同在这家公司上班，也是担任文员的工作。但她却只管着自己眼里这摊活，甚至有时还偷懒，用她的话说："人何必为难自己呢？每天轻轻松松过日子不是挺好吗？"

有段时间，公司因为暂时招聘不到合适的策划人员，领导决定从内部人员中找几个有策划潜质的进行转岗。当然了，待遇也会提升。

兰心第一时间听到这个消息时就动心了，她认为自己默默地努力了这么久，人应该往高处走，去挑战更难的任务，蜕变成更优秀的自己。于是，她很快就跟策划部的主管报了名。

晓红却对兰心的做法冷嘲热讽："没事瞎凑什么热闹，你一个打印文件的职员难道还会写文案？"

内部转岗也需要经过两轮严苛的筛选，以决定是否适合调

动。第一轮是关于策划工作的各种试写问卷，满分 100 分，起码要得到 80 分才能算过关；第二轮是策划部主管的面试，要有很好的知识储备和心理素质才行。

兰心自然知道这些，为了能顺利过关，她几乎每天下班都会主动在公司加班，不为别的，就想学习那些专业的策划知识，必要时还会向策划部的同事当面请教。

而晓红呢，依旧是全公司最先打卡下班的那位。

一个月后，转岗测试终于开始了。

只见兰心穿了一件正式的工装，很庄重地整理了发型，面带笑容地走进了策划部主管的办公室。在同刘主管聊天的过程中，她的脸上始终带着一抹灿烂的笑容，对每个问题也都几乎对答如流。

半个小时后，兰心从屋子走出来，马上就有同事迎过来："兰心，能跟老刘交谈半个小时，说明这次很有戏哦！"

听到同事的鼓励，兰心觉得很满足。

三天以后，领导宣布兰心转岗成功，要她把目前手上的文员工作跟晓红做一个交接。

整理文件的时候，晓红一脸的不愉快，她跟兰心抱怨说："公司一共就两个文员，现在你走了，所有的工作就要我一个人做，那不是要累死我呀！"

兰心没说什么，只是默默地收拾好自己的东西，到策划部报到去了。

那几天，晓红很不开心，她到处跟人抱怨："凭什么呀！一样是做文员的，兰心现在就能跑策划部去，难道她能力很高吗？不会是通过手段去的吧？"

这话传到了领导的耳朵里，领导对她进行了批评教育，还降了她的工资。

当你抱怨为什么别人得到更好的机会时，首先要问问自己为什么懈怠，为什么不努力，为什么不肯主动接受更难的任务。

那些没有付出的岁月，不会引你走向胜利的终点；那些只知道耍嘴皮子偷懒的日子，终将葬送你的一生；原本你可以成为一个很棒的自己，但是最后并没有。

我的另外一位朋友，年近不惑才明白自己真正想做的事情是什么。

她是一名设计师，在圈内已经小有成就了。现在她想开一家美容院，却害怕自己什么专业知识都没学过，更为不懂得美容美甲的手艺而左右摇摆不知所措。

特别是当她一想到万一换了行业没有成功，那就等于现在好不容易积累的成就都前功尽弃了，这样的话，她在人前多抬不起头来啊！于是，她想要开一家美容院的计划就这样一直搁浅着。

人越长大往往越胆小。

十几岁时，我们每个人都说着豪言壮语，敢赤身肉搏，敢为朋友拼命，敢做一切想做的事情。后来，人有了太多需要顾忌的东西，害怕一不小心就会走错路，让人生付出沉重的代价。

可是，我真想问问这位因害怕失败而胆怯的朋友："还记得你刚开始做设计师的时候，不也是一步步努力地付出，才有了今天的一切？”

人生原本就需要一种随时都能重新开始的勇气，因为你不知道什么时候，上天就会把现有一切如数收回。但只要不丧失前进的热忱，面对生命，始终都有一个饱满的姿态，愿意接受更困难的挑战，人生就没有失败！

去做更有挑战的事，不是为了给人生路上设置更多的关口，而是想要去了解自我。

有很多人不愿意加班，认为加班很苦，很累——可是后来呢，那些升职加薪最快的同事，几乎都是那些工作认真接受加班的人。只有今天你去做了别人不愿意做的事情，明天才有可能做到别人做不到的事情。

罗马不是一天建成的。

很多能力都可以慢慢培养，那些现在看似风光无限的人，他们只是因为愿意接受生命中的每次挑战，学会了主动去做更有挑战的事情，才终于没有辜负时光的淬炼，实现了最高价值的自我。

3. 再不勇敢一次，你就真的老了

不管经历了多少挫折，都要谢谢那个肯一直勇敢的
自己。

早知道，我就勇敢一次，去追那个喜欢已久的女孩；早知
道，我就勇敢一次，去做那份喜欢的工作……

虽然，没人能够保证，你勇敢的结果就一定能够成功，可
至少，你不会留有遗憾。

如果人们在一开始就能看到最后的结局，我想所有人都希
望能再来一次，把握应有的青春，不让生命留下遗憾。可惜，
时光无法倒流，那些在现实面前露出胆怯的人，永远丧失了原
本该把握的机会，注定要错过理想的未来。

有一句话这样说："当你对未来感到迷茫，请继续保持努
力。"就算不知道下一站去往哪里，也别急着停下前进的脚步——
很多事，机会只有一次，再不勇敢一点，我们就都老了。

对于梦想这件事来说，每个人的看法都不一样。有些人认
为梦想是要放在心里的，不一定要去实现；有些人觉得既然有

梦，就该坚守，哪怕风雨兼程；有些人认为梦想可以很大，比如成为一名受人欢迎的明星；有些人却认为梦想也可以很小，比如开一家小店，自己喜欢就好。

可我却觉得，生而为人，如果连梦想都能够搁置到一旁而不去实现，未免太对不起自己了。无论发生什么，你都应该相信，没有到不了的明天。

阿萨是个热血摇滚青年，他一生的梦想，就是能带领自己的乐队出一张满意的唱片。尽管家人和女友全都不支持阿萨在酒吧驻唱，可他却觉得，能做自己喜欢的事，活一天等于活两天。

他想把自己的一切都奉献于创作，一睁开眼就能听到音符在跳跃。这样的举动使家人觉得阿萨一定是发疯了，或者中了什么邪。

后来，迫于现实的压力，乐队里很多好兄弟纷纷要离开。

临别的时候，他们吃了一顿散伙饭。阿萨喝高了，对他的兄弟们说："你们去闯吧，我知道你们有自己的难处，生活要继续，音乐，就暂时放到一边！"

说罢，他仰头又干了一大杯烈酒。很多兄弟都哭了，其实他们也不想就这样放弃梦想。

散伙饭吃完了，常常练习的音乐教室空了。阿萨坐在空荡荡的房间里，给我打电话终于哭了出来。他说，有时候迫于压力他也想听爸妈的话干点别的，可一想到这辈子一旦离开音乐，以后或许再没时间玩了就难过到不行。

听着这样的话，我真为他感到心碎。

不过，幸运的是，后面的情况出现了惊天大逆转——阿萨的女友表示愿意为了爱情，支持阿萨完成他的音乐梦想。

我们都知道，阿萨的音乐梦想并不简单，虽然他有很好的嗓音，很棒的演唱技巧，但是出唱片这件事很大程度上也要靠运气。

为此，阿萨女友的做法很令我感动。当我问她为什么做这个决定时，她的目光坚定，说："为了阿萨，我愿意勇敢一次，勇敢地、真正地去爱他！"

也许，你会很想要去看繁花盛开，很想带父母度假旅行——可是，因为沉重的工作，你只是安慰自己时间有的是，不必急在这一时，而被动地等着命运的安排。

虽然繁花每年都会盛开，却不一定再是你梦想中的那番模样；子欲养而亲不待，当有时间带父母出去玩时，他们却未必能等到那一天。

在爱情上，同样如此。

我上大学时有一对同学，男生喜欢了女生整整三年却不敢表白。临近毕业，他知道就要跟女孩说再见了，偷偷地把自己关在宿舍里，喝了一打的啤酒，最后醉到不省人事。

那个晚上，很多人都在为实习的工作忙碌、准备，没人注意到还有一条单身狗在疯狂地悼念那从未开始的爱情。

又过了两年，我在北京出差时偶然遇见那位女同学。她向我打听起这位男生的近况，还道出一个惊天秘密——原来，她也早就喜欢上了他，只等着他来表白，却到最后都没有等到！

我为这个残酷的结局扼腕叹息，原来两个人早已互相喜欢，却因为都不敢向对方表白，而错过了一场浪漫的爱情。

只可惜，说出这话的女生，如今早已嫁作他人妇了。

还有一些人，说不上不够勇敢，只是太过懒散。每天按部就班地生活，从未仔细为未来打算。他们懒得走进别人的生活，也懒得让别人走进自己的生活；懒得对职业做出规划，也懒得在现有的事业上更为精进。

生活对他们来说，每一天，每一年，没什么变化。

在你恍惚的时候，错过了多少美好？很多事情，原本不会发展成今天的样子；很多人，也原本不必怀抱遗憾离开，就只是因为你的不够勇敢，一切变得没有更美好。

这样的人生多可悲。

要知道，我们好不容易来到这个世界，就是为了去追逐和实现心中所有美好的心愿。时光一去不复返，不管经历了多少挫折，都要谢谢那个肯一直勇敢的自己。

4. 会把握现在的人，才有能力把握将来

要知道，未来怎么样，很大程度上是由现在的你决定。

前天，和一帮朋友聚会时闲聊，问起各自的近况。

有人说他现在发愁没钱结婚，女朋友几乎闹到分手。

有人说现在很害怕家里会再有谁突然病倒，因为去年父亲突发脑梗住院花了很大一笔钱。

还有人说生活过得太平淡了，真害怕未来每一天都这样没激情……

听了朋友的这些话，我真有些哭笑不得，不明白为什么每个人对于那些尚未发生的事情总要心生恐惧，好像明天就是世界末日一样。

不过，这也似乎正是我们生活的现状，一切都防患于未然。可在事情来到之际，也要懂得不慌不忙，冷静应对——并不是说对所有的事情都不在意，而是要抱着一份乐观的态度去生活。

前阵子，我的朋友 A 很反常地跟女朋友大吵一架，彻底结

束了那段长达七年的感情。这个结果在所有人看来，都是那么不可思议，毕竟七年的时光都过来了，有什么理由说分手就分手呢？

问过 A 君后，他气势汹汹地说是因为彩礼。

两个人从大一就开始相恋，如今早到了谈婚论嫁的年纪，想必两边的家长也没少催促他们。按照女方老家的规矩，A 君在结婚前夕要给女方家里支付八万元的彩礼钱。

A 君一开始觉得对方要的太多了，迟迟不肯点头答应。女朋友着急了："难道我跟了你七年，还不值这八万块钱？"

最后，两个人闹到分崩离析，互相撕破了脸皮，一段姻缘就这样终结。

A 君还说，彩礼其实只是一小部分的原因，主要是通过这件事，让他看到了自己的贫穷，感到实在没有信心让女朋友过上幸福的生活。

他形容未来就好像一只饥饿了很久的老虎，随时都有可能冲过来把他一口吞下去。

对未来没有信心，无法给对方幸福，是很多男青年临婚脱逃的主要原因。

我却觉得，站在现实的角度为两人考虑没有错，但却没必要悲观地、一厢情愿地把物质基础当成用来衡量幸福的全部。如果钱可以代表一切的话，那爱呢？这世上有多少普通夫妻，不还是过得有滋有味、幸福甜蜜？

我让 A 君把姑娘找回来，好好地把家庭境况说给对方听，说不定姑娘可以理解 A 君的处境，毕竟爱了这么久。

A 君拒绝了，他觉得没必要挽回一段没自信的婚姻，现在都过不好，更别谈什么将来。

就这样，A 君与姑娘分手了。

后来，姑娘迅速找到一位新朋友并很快结了婚，听说生活得很幸福。

而 A 君呢，一个人继续着浑浑噩噩的单身生活，甚至开始对婚姻产生恐惧。那点无处安放的，所谓一个男人的自尊心，让他看不到未来，也彻底迷失了现在。

殊不知，钱没了可以挣，自信没了，就注定只能沦陷。

A 君的生活原本可以越来越好，但他却选择了堕落——因为对未来种种的悲观设想，令他最终变成一个消极的人。

相反，我的另外一个朋友 B 君，对待生活格外积极乐观，因此，生活完全是另一番模样。

B 君原本在一个很小的图书策划公司上班，每天的工作就是写文案，约作者。因为公司规模不是很大，基本没有太多的工作，一天上班八个小时，B 君把所有的工作都做完后，还有剩余的时间。

别的同事都在玩，聊天或是喝茶、玩微信，B 君却不想浪费时光。于是，每当闲暇下来，他总会去向策划部的同事请教经验，一有时间就学习写剧本。

一年以后，B 君已经能写 60 分钟的电影剧本了，而且质量还不错。接着，他跳槽去了一家艺人工作室。

　　这位艺人在国内属一线明星，每天的行程都排得很满。B君刚来暂时没有被老板委以重任，但他丝毫没有放弃，仍然在空闲的时间主动去找别的同事询问经验，业余时间下苦功夫继续写剧本。

　　半年以后，他写的一部剧本竟然被投资拍成了电影，并且上映以后还取得了不错的票房。

　　当老板得知这部电影的编剧正是B君时，很开心地将他请到了办公室，要B君为自己量身定做一部剧本出来。

　　三年后，B君在影视行业已经累积了相当多的人脉资源，对电影的拍摄制作、发行流程也了然于胸，于是他找来自己很好的两个朋友，合伙注册了一家影视公司。

　　公司开张的那天，原老板还特意让助理送了花篮过来，恭贺他生意兴隆。

　　有谁能想到，当初的B君只是一家图书公司的小编辑，每个月拿着三四千块钱的工资呢？

　　对未来，我相信他也有过畏惧和恐慌，但他很理智地选择了先走好脚下的路，一步步地靠近成功，而不是什么都还没尝试，就被未知的一切吓得丢了胆量。

　　要知道，未来怎么样，很大程度上是由现在的你决定。一棵小小的树苗，只要经受住风雨的洗礼，有一天才可以长成一棵参天大树；一朵小小的花苞，离开温室的庇护，才能迎来一片旺盛的绚烂。

　　"其实地上本没有路，走的人多了，也便成了路。"而人活着，就是要勇敢地走别人没走过的路，学会勇敢地把握住当下。

当你稳定了心态，默默地朝着既定的目标去努力，就会发现，你所奢求的安全感，正一点点向你靠过来。

永远不要轻易把梦想寄托在别人的身上，未来就在你的手中。

很多年以后，当你回首往事时，一定会觉得：在那些流逝的时光里，唯一能让你感到骄傲和自豪的，就是你曾稳稳地把握住了当下，昂首挺胸用力走过自己的人生。

与其担心未来，不如现在好好努力。

5. 世界上有一群人，敢于放弃稳定的生活去拼搏

> 一个敢于走出自我舒适区的人，将没有任何困难足
> 以难倒他。

熙蕾是个不可多得的完美女孩。

熙蕾长相甜美、身材很棒——母亲就是一个美人胚子，父亲年轻时也潇洒风流，她正是遗传了父母的优良基因。

她家境优越，身上的衣服、包包虽然不是特别张扬的国际大牌，却也是让人叫得出名字的时尚品牌。

熙蕾的家教也很好，从小就在父母的要求下学会了独立生活，掌握了多种才艺，钢琴过了十级，去年还考入了中央美院。

然而生活在熙蕾这样的大美女身边，我既看不到她靠颜值去上位，也看不到她靠颜值去嫁给富二代从而改变自己的人生，却偏偏总是陪着她上计算机培训课，周末参加画展、看话剧，或者偶尔一次早下班，也要被拉去逛书店。

每当我们走在路上，行人总要回头观望，一会儿看她，一

会儿看找——我们外表的鲜明对比，的确容易引来别人的注意。

当然，很多时候我心里会感到不舒服，可谁让我跟她打小就认识呢！

女孩子对美的意识通常醒悟得很早，在熙蕾这样出众的美人身边就更是了，要不是看在从小就很合得来，我早就在自惭形秽的打击之下，对她避而远之了。

我有时也会对熙蕾抱怨："你看你，明明已经这么出色了，干脆就别拼了，找个富二代一嫁，后半生就不愁了。"

可熙蕾不以为然，她从小就拥有很多人梦寐以求的东西，之前唯一没有做到的，就是亲手决定自己的命运。

每个人都有自己的苦难，熙蕾也确实并非像我想的那样一帆风顺。去年，她考上了中央美院可却迟迟不去报到，后来听说又因此跟家里险些闹翻了，想必她的苦恼就跟这个有关吧。

我曾听熙蕾说过，她最大的愿望就是可以按照自己的想法去活，哪怕只有一次机会。

熙蕾的母亲是个很严厉的知识分子，父亲也是市里有头有脸的企业家，对于这个独生女，他们自然是抱了很大的希望，希望她优雅、得体，长大以后能成为一名出色的画家。

熙蕾并不讨厌画画，可她更爱读书，尤其是那些曲折婉转的人生道理，甚至在我看来有些晦涩的《时间简史》，她都爱读。

她也梦想着，有朝一日能写出一部畅销书，不为被这个世界记住，而是体现一次自身的价值。

熙蕾完全可以按照父母规划的一切去生活，那样她会轻松许多。可她是个有想法的女生，偏偏选择奋斗，赴汤蹈火地去做自己。

我相信这个世界上并没有捷径，任何风云人物的诞生都需要一段厚积薄发的岁月。熙蕾将来会不会成功我并不知道，但起码她在很努力地生活着。

熙蕾的故事，或许放置在这座繁华的都市中并不稀奇，庸常生活下，每个人都是自我的一道剪影。这世上，有人轰轰烈烈，有人似水流年，有人快活神仙，有人泥足深陷。

其实，我并不迷信那些长得好看的人、家庭条件比我们优越的人，就不用比普通人更努力。

熙蕾的故事让我想到了一段对话，是我的一位朋友曾在群里发表感慨：以前很不喜欢上海这座城市，可是最近却忽然很想念那里的氛围，感觉自己正一步步被牵引。

我很好奇他是怎么突然就喜欢上了上海的，他回答说："城市里每个人都行色匆匆，看上去都在朝着既定的目标努力，这使我感觉到生命的厚重感，我也想要成为一个毫不犹豫朝着目标奔跑的人。"

他的话使我感到惊讶，我又点开他的详细资料看了看，发现聊天的不是别人，正是一年前向我炫耀稳定生活的那个男生。

记得当时，因为他整个下午都在群里炫耀自己有个多么稳定的工作，还曾被我鄙视过一番。

那时候，他刚大学毕业，因为家里有关系，所以并没有体验过应届生找工作的难处，就直接被一家传媒公司录取了。他做着相当轻松的行政工作，每个月也可以拿到一笔不错的薪水。

为此，他常忍不住扬扬得意，在其他应届毕业生的面前大肆炫耀："看我多幸运，轻轻松松就实现了你们想要的目标。"可是现在，他却更愿意离开这份所谓的"稳定"工作，去大城市历练一番。

不要小看这份勇气，这是一种脱离稳定生活的勇气。而我总觉得，一个敢于走出自我舒适区的人，将没有任何困难可以难倒他。

我的妹妹也是这样的。

她刚毕业的时候，父母托人帮她找了一份轻松的文员工作，可她的理想是将来能在大城市开一家属于自己的服装店。为此，她顶着很大的压力辞了职，离开家乡，到千里之外的城市去谋生。

现在，她虽然仍然没有实现当初的愿望，却靠着自己的努力变得越来越好，每个月都能销售出价值十几万元的服装。昨天，妹妹打电话对我说："姐，等着吧，我自己的店一定能开起来。"

自从家里人知道妹妹现在能够一个月赚一万多元以后，就再也没人唠叨她的不是了。当然，父母还是会心疼一些，总是很担心地问我，妹妹是不是吃了很多苦，日子过得快不快乐。

我忽而想起那句话：当多数人关心你飞得高不高时，只有少数人关心你飞得累不累。父母就是这样的人。

　　那些勇敢走出稳定生活模式的人，是与安稳的岁月打了一个赌，唯一的底牌就是坚信有朝一日，能够依靠自己的双手过上想要的生活。

　　我知道，还有很多人根本不敢迈出这一步，因为有来自父母的压力，来自邻居的闲言碎语……但是我永远以熙蕾和妹妹这样的人为榜样，为她们感到骄傲，因为她们不惧怕吃苦，一心一意就是为了达到既定的目标！

6.就算上帝开错了窗，也别停止打开一扇门的勇气

别急，你要的一切，岁月都会给你。

有这样一则故事：1982 年的春天，一位罗马尼亚姑娘因为写了一部揭露当权者丑恶的嘴脸，反映当局腐败行为的书籍而被罗马尼亚政府逮捕。因为没有足够的证据证明她有罪，当局只能把她关押在政府军司令部旁边的一个临时监狱。

姑娘的身体很柔弱，禁不起这样的折腾，她不停地啜泣。可她转念一想，自己并没有犯罪，她相信正义终将战胜邪恶，相信上帝终会帮助自己。

这样一想，她便不再哭泣，抬头看了看照射进来的阳光，发现这座临时监狱有一扇窗居然没有装玻璃。她欣喜若狂地感谢上帝为自己留下一扇可以逃生的地方，接下来，她要不动声色地等待机会逃跑。

一天晚上，她趁着士兵换岗的时候，费了好大劲，将自己的身体缩成一小团，钻出了窗户，也不管前面是否有路，就拼命地跑。

可上帝却为她开错了窗，最后她竟然跑到政府军司令部里面去了。

她的意外出现，令现场所有的人大吃一惊，随即，她又遭到了逮捕，这次被关进了一个地下室。

上帝太不帮她了，好不容易逃出龙潭，却又进入了虎穴。

这样一个地下室，是不可能逃出去的。她这次更加绝望了，一连几天，她都想结束自己的生命。可明明错的不是她，而是可恶的政府啊！难道上帝就那么不长眼吗？他看不到在政府的铁蹄下受苦受难的人民吗？

既然上帝打了盹儿，那她现在就要为自己做主；既然上帝开错了窗，那么她就要用智慧和双手为自己打开一扇投射阳光的窗户。

她必须要安然无恙地出去，她的爱人还在外面等着她呢！正义的力量促使她开始振奋起来。

她开始寻找一切有可能逃出去的机会，发现地面上有一处疏松的土壤，便徒手开始挖掘。经过三天的努力，她找到了一条已经废弃了的隧道。那条隧道正好可以容下她的身躯，她便不顾一切地爬了进去。

通过八个小时的努力，她终于逃出了魔窟。

这个姑娘就是赫塔·米勒，后来她成了著名作家，并于2009年获得了诺贝尔文学奖，诺贝尔文学奖评审委员会称其"以诗歌的凝练和散文的率直，描写了流亡人群的生活"。

上帝并不能时时刻刻都做出正确的决定，也有偷懒打盹的时候。如果他不小心为你开错了窗，你要做的并不是妥协认命，默默承受着这一切，而更应该敢于和这命运做抗争，用自己的不屈不挠和坚韧不拔为自己打开一扇正确的窗户。

还是那句老话，天助自助者。如果你能将自己的人生紧紧抓住，总有一天，上帝会注意到你的——别急，你要的一切，岁月都会给你。

我有一个发小，从小就是一个很能折腾的人，然而他所有的折腾在别人看来都是不务正业——别人有理由这么认为，因为他做的大多数努力最后都是失败的。

他初中毕业后就不再上学了，父母也不指望他光宗耀祖，心想着他能和村子里的大多数人一样，出去打几年工，挣点钱，盖个房子，娶妻生子也就行了。

可他却不想过这样的生活，一心想做点别的事情。

那时候，我们村以及附近几个村子也没个超市、商店什么的，平时买点生活用品、水果要到镇子上去或者去邻村每五天一次的集市上。

他就想，如果贩卖点蔬菜水果，说不定是个商机，于是把这个想法和父母说了。父母也支持，给了他五百块钱。

他就拿着这五百块钱，骑着家里的那辆老旧三轮车，开始了第一次创业。

他的想法很好，然而现实还是给了他当头一棒。

原来，村子里的人都习惯了以前那种生活，平时上街赶集，买的蔬菜水果也都够一家人好几天吃的，所以他的生意并不是很好，每天能回本就算是谢天谢地了。

村子里的人都笑他傻，说他不务正业，整天胡思乱想。也许在他们眼里，外出打工才是唯一的出路。

不管别人怎么说，他还是坚持下来了。附近几个村子的人，慢慢改掉了他们原本那种一买蔬菜水果就用好几天的习惯，开始每天买新鲜的，他的生意也慢慢好了起来，挣了点钱。

看到这种情况，村里一户人家觉得有利可图，就在路旁开了个小型超市，专卖水果蔬菜。他的生意又陷入了危机。更让他感到难受的是，他辛辛苦苦赚的钱还被骗子给骗走了。

村子里谣言四起，有说他赌博赌输了的，也有说他做了违法的事情，被罚了款的。最不可思议的是，竟然还有人说他因为嫖娼花光了钱。

对于这些谣言，他都清楚，却从来都不辩解，任由他们说去。

水果蔬菜生意是做不成了，他开始想别的出路。

当时县城盖了一家商场，为了吸引商家入驻，给了各种优惠条件。他觉得这倒是个不错的机会，于是他又东凑西借筹到钱，在商场租了一间门面，做起了服装生意。

因为对服装生意不是很了解，于是他便找了一个姑娘做合作伙伴。那姑娘人长得不是很漂亮，却很善解人意。

刚开业的时候，商场里倒是人山人海，可往往是看的人多，买的人少，生意一直都不温不火的，这种情况让他心急如焚。

那姑娘看在眼里，经常宽慰他，一来二去两人就发展成为了恋人关系。用他的话说，这是他这些年来做的为数不多的正确选择。

他的服装生意不见起色，在年底时只能关闭了店铺。这下他不仅没赚到钱，连自己的家底也败光了。他把所有的服装都拉回了家，整天待在屋里，大门不出二门不迈，一整天也不说一句话。

父母也是焦急，却不知道该怎么办。幸好那姑娘不离不弃，天天往他家跑，给他做饭，洗衣服，什么也不说就静静地陪着他。

一个月之后，他想通了——日子还得继续，生活还得过，逃避并不能解决任何问题。既然生活不让他好过，那他就只有自己勇往直前，才能打败横在面前的一个个障碍。

那现在能做点什么呢？除了蔬菜水果，别的行业他也不是很了解——对，那就再从这个行业开始。

当然不能再像以前那样走街串巷了，那就买个货车自己跑运输。可是他现在一无所有，又哪来那么多钱买车啊？

姑娘知道后，决定帮他，寻死觅活地从父母那借了几万块钱给他。他父母见他主意已定，也拿出了一辈子辛辛苦苦攒下来的几万块钱。他用这些钱再加上一点贷款，买了一辆货车，开始了他的第三次创业。

那年头，货车的生意还算很好，走南闯北没有空闲的时候。不到两年，他不仅还完了借款，还把父母的养老钱也给挣了出来。

他还完这些钱后，就到姑娘家提亲了。

双方父母都没什么意见，他和那姑娘就结了婚。结婚之后，他琢磨着不可能开一辈子货车，早晚还得有别的营生，所以每次拉货的时候，也留意着看有没有可以做的生意。

然而现实却又跟他开了一个玩笑。有一次拉货回家，一不小心撞到了高速公路上的绿化带，车子和车上的货损毁严重，所幸的是人没有大事，只是小腿骨折。

他在床上躺了四个月，觉得货车运输这生意真的不能再干了。小腿好利索后，他用保险公司的赔款修了车，赔偿了客户的损失，就把货车卖了。

谋生的工具没了，接下来要怎么走，他自己也没有了主见。

他媳妇本来就是个很有想法的人，就跟他说："你看，咱们这左邻右舍吃粉条的比较多，这附近又没有专门做粉丝的作坊，不如我们开个粉丝厂吧。"

想法倒是可行，可是这附近也没有人会做这东西，所以他利用大半年的时间，到临县一家粉条厂打工，学习做粉条的技术。

第二年夏天，他开始筹建粉丝厂，贷款，申请营业执照，还为品牌注册了商标。

大概那年的十一月份，他的工厂建设完毕，开始生产。没想到粉丝一经上市，立马在当地引起了极大的关注，又因为快要到新年了，所以生意异常红火，经常加班加点还不能满足需求。

一次闲聊时，他对我说："你们看到的我吃的苦，其实不及我全部的十分之一。有时候活得累了，我就觉得老天真的不公平，一次次和我开各种玩笑，要是可能，灭了他的心都有。

"老天可以和我们开玩笑，我们自己可不能开自己的玩笑，你自己要是不努力，还能指望谁啊？我就爱折腾，怎么了？我一定要把自己折腾得让老天都无可奈何。"

我在想，如果上天不跟你开玩笑，你的生活还有什么意义呢？做着千篇一律的工作，过着千篇一律的生活，走着千篇一律的道路，重复千篇一律的人生，等到老时，回忆起来都没什么值得怀念的，这样的人生真的是你想要的吗？

《孟子》中说："故天将降大任于是人也，必先苦其心志，劳其筋骨，饿其体肤……"上天决定让你辉煌，但在你的能力尚未达到时，他会使用一些手段帮助你升华自己。如果你坚持不到最后，忍受不住那些挑战，你也就看不到生活原本为我们准备的大礼了。

如果上帝不小心开错了窗，你应该觉得幸运，于茫茫人海中能得到这样的机会，那肯定是上帝对你的特别关照。

每个人的生活都不可能是一帆风顺的，上帝开错了窗，也许是为你留了一扇门。别人不会告诉你那扇门在哪，能帮助你的人只有你自己。

215

7. 尝试改变，永远不会只有一条出路

> 承受痛苦是走向成熟的必由之路，任何人都不能
> 回避。

鲁迅的小说《故乡》里有一句话说得好："其实地上本没
有路，走的人多了，也便成了路。"

当时学习这篇文章的时候，正值高中。那时候青春年少，
无忧无虑，对这句话没有太深的体会。

渐渐长大经历了一些事情之后，才发现原来这世界真的没
有自己想象的那么美好——你的脚下全都是来时的脚印，至于
前方的路，如果你不去尝试，永远不知道自己能走多远，也不
知道能走出一条什么样的路来。

不幸的是，我们往前走任何一步，都不知道结果会如何。
幸运的是，在我们面前，永远不会只有一条路，即使开始走了
弯路，只要我们及时改变，依旧可以到达理想的彼岸。

"生活不会因为你的困境而放弃对你的鞭策，只有你满怀
信念，相信天无绝人之路，才能让生活对你另眼相看。"这句

话是一次闲聊时一位本家叔叔对我说的。

这位本家叔叔是个很传奇的人，当然这个传奇一向都是我个人认为的。

在大部分人的眼里，四十多岁的他一直都是个败家子的形象，用我爸的话说，他是"恨不得要把所有的错都犯一遍，才能安心过日子"。

20 世纪 80 年代后期，像那个时代的大部分人一样，初中毕业的本家叔叔接了他父亲的班，进入了当时我们那最好的一家国营酒厂。

那时候，国企正是红火的时候，据说福利、待遇比公务员都好，他的这份工作当时不知道让多少人羡慕，他的亲兄弟也都抱怨自己的父亲偏心，把这么好的工作留给他。

按理说，他该知足了——在这单位干上几年，分套房子，再娶个老婆，生个孩子，这一辈子也就齐活了。虽说不能大富大贵，和一家人过上安稳日子还是有把握的。

可他偏偏就是不乐意，他不想走父辈的老路，虽然父辈的老路看起来不错。

他把这个想法和家人说了以后，听说他父亲硬是追了他二里地，把他按在地上狠狠打了一顿。

可他还是坚持，最后瞒着家里人辞了职。自此，他的"败家子"名声也就坐实了。

辞职之后，他买了一辆机动三轮车，做起了贩卖酒的生意。

他没有足够的钱租门面，只能每天起早贪黑地走街串巷，有时候他甚至跑到乡下偏远的农村去卖。

每天风餐露宿的，硬生生把十七八岁没有吃过苦的小伙子变成了好似历经沧桑一样，听说当时他被晒得连父母都差点不认识了。

为了省钱，他中午在外面的时候通常都是不吃饭的。晚上回到家，看他狼吞虎咽的样子，他母亲总是忍不住落泪。

这样的辛苦，当然不如他在工厂里舒服，刚开始挣的钱也没有以前的工资多，亲戚朋友对他也多是冷嘲热讽，他的"败家子"名声传得越来越广了。

就这样干了两年多，他终于在县城租了一间门面。等一切都安排妥当后，他把门面交给自己的父母打理，现在他要专攻偏远的农村市场。

那时候的路多是土路，晴天的时候烟尘滚滚，下雨的时候又像要水漫金山，别说他开着辆破旧不堪的机动三轮车，步行都有可能陷入其中无法挣脱。

有一次下起大雨，他避没地方避，为了防止雨水侵入酒里，除了用塑料薄膜将酒桶包起来外，他还把自己的外套脱下来，盖在上面。最后，不仅那些酒没有保住，自己还得了很严重的感冒。

父母看着心痛，就劝他不要再做了，守着门面一个月也有不错的收入。可他依旧不听，病好了后，继续到处去卖酒。

几年之后，到了20世纪90年代中期，国企改革，很多工人纷纷下岗，他的哥哥也在这次改革中失了业。为了帮助哥哥渡过难关,他把自己的门市店交给了哥哥经营。

当地盛产黄沙,当时开采的人很少,原本的黄沙公司也因为改革一蹶不振。政府就鼓励民间资本注入这个行业,可是由于市场预期不明,很多人不敢投资。

本家叔叔倒觉得这是个机会,就想试一试。

所有人都觉得他疯了,因为那个投资不像一个小门市店,没有几十万元投资根本就不可能。另外,那时候的房地产还没有现在这么火热,黄沙的需求量并不高,卖不出去怎么办?

再说了,国营黄沙公司经营都出了问题,你一个没有任何背景的人想做好无疑是难上加难。好几年才挣了点钱就飘起来了,就不知道天高地厚了,别人都不愿意做的,你非要做,这不是败家是什么?

可他向来就是个说干就干的人,不管别人怎么说,他认定的事情都会坚持做下去的。别人的道路再好,那也是别人的,只有自己走出来的路才是自己的,这不正是生命的精彩之处吗?

他用这些年挣来的钱,再加上从银行贷的款,申请了执照,买了船和机器,就到离家大约四五十公里的地方开起了沙厂。

一切安排妥当后,他雇用了几个本地人,又请了自己的朋友帮忙管理,自己则开始到附近的几个城市跑市场。

这时他的机动三轮车又发挥了作用,他拉着黄沙,起早贪黑,没过几天就接到了第一单生意。虽然只有几车沙子,可他还是激动万分。

后来，他觉得不能这样漫无目的地去找市场，就把目光放在了黄沙公司以前的员工身上。黄沙公司有些业务员也有好想法，就是不知道该怎么做，现在叔叔给了很好的待遇，所以几个老业务员都愿意和他一起干。

有了这些人，他的生意慢慢有了起色，甚至把生意做到了南京和上海。

等他赚了第一桶金之后，一些人又开始羡慕嫉妒了，纷纷买机器打起沙来。看到这种情况，他一边继续做生意，一边思索别的路子来。

2000年以后，手机电脑开始时兴起来，可是在我们那座小城，这两样东西依旧是新鲜玩意，使用的人寥寥无几。

他平时做生意和外面的人打交道比较多，知道这两样东西迟早会流行，就计划着开个手机电脑大卖场。直到现在，这个卖场依然是我们当地最大和生意最好的。

除了这个卖场，他还在2002年前后在当地开了第一家KTV。2005年，他关闭了沙场，任谁说都不管用，别人出高价买，他也不心动。

这不仅是因为竞争压力大，还有一点最重要的原因是，他意识到过度开采，早晚会让这原本非常漂亮的湖泊失去风采。

事实也确实如此。2010年，湖泊附近水土流失非常严重，糟糕的水质让湖泊里的鱼大面积死亡。为了保护湖泊的生态环境，政府出台了一系列文件，取缔了大部分沙场。

叔叔还联合了一部分企业家组成专门的协会，聘请一些环境方面的专家，研究治理方案，现在也取得了显著的效果。

前几年，楼市非常火爆，我曾经问过他，为什么不进入房地产市场呢？

他说："有一句话说得好，第一个把女人比作鲜花的人是天才，第二个是庸才，第三个是蠢材。现在大家都一窝蜂扎进去，哪有那么大的市场啊？

"你不给自己找出路，试图永远用别人的经验和教训来指导自己的人生，其实你就一直是在过别人的日子——虽然你还活着，但你一直都在重复。当我老的时候，我敢说我过了不一样的三万多天，而很多人只不过过了一天，剩下的天数都是在重复第一天。"

一个只有初中文化的人竟然看得这么透彻，还能说出这么具有哲理的话，一定是因为他对人生深有感悟。

这位叔叔到现在还总是想做一些与众不同的事情，所以依旧给人一个败家子的印象。所幸他做的大部分事情都成功了，要不然他的"每个人都不只有一条出路"的人生理论，估计早就被打入十八层地狱了。

"人生唯一的安全感，来自充分体验人生的不安全感。"如果你想平庸地甚至是没有任何期待地了此残生，有一个很好的方法可以让你达成这个愿望，那就是按照你的父母及亲戚朋友乃至很多前辈的道路继续走下去，那样你这一辈子收获的很有可能只是一天，余下的日子仅仅只是在重复而已。

"有的人死了，他还活着；有的人活着，他已经死了。"

说的正是这个道理。

你要走出自己的一条路来，才能证明你这一辈子是值得的，是没有被浪费掉的。

有时候，改变意味着痛苦，你无法知道改变之后会给你带来什么样的影响，就像 M·斯科特·派克在《少有人走的路》中说的那样："承受痛苦是走向成熟的必由之路，任何人都不能回避。"

因为那些痛苦会让你变成更好的自己，能让你艰苦卓绝地过完你的一生。

8.问问自己，你有没有为自己竭尽全力

你想选择什么样的人生，就要付出什么样的努力。

每天下班，我都要坐一个多小时的地铁，再步行十几分钟才能到家。

一路上受到拥挤的折磨，再加上一整天的工作，让我到家时都直接瘫在了床上，动都不想动一下，有时候连晚饭都不想吃。

我猜想很多人都会和我有同样的感受。

身处北京这样的大城市着实不易，每天要忍受各种各样的麻烦，每天天不亮就要起床，晚上很晚了才能回到只放得下一张床的租来的房间，怎么可能不辛苦？怎么可能还有精力做别的事情？

我们自以为已经非常努力了，机会来到身边时却依旧抓不住——工作好几年，依旧连个卫生间都买不起。看着身边的同事、朋友一步一个脚印越走越远，心里不由得慌了起来。

其实你之所以心慌，并不是因为你不如他们，而是你终于意识到，你根本没有他们努力，你没有为自己竭尽全力。

每天早晨，当你匆匆忙忙在将要迟到的那一刻跨进公司的时候，你有没有想过，有些同事早已经开始工作很长时间了？

在你每天晚上回到家的时候，你有没有想过，这时候你的朋友有可能还在公司加着班？

甚至在坐地铁的时候，你在看着娱乐节目、打着游戏，而坐在旁边的人却在看着书、背着单词、听着讲座。

你觉得自己足够努力了，其实你只是看上去很努力而已；你之所以没有成功，其实只是因为你并未最大限度地发挥自己的才能。

我是个相对沉闷的人，一般从来不主动与别人打招呼，除了工作关系以外，也很少结识陌生人。

与 HH 是在去年辞职之后认识的。

那时候我正在做着考研究生的春秋大梦，很多事情不是很了解，于是加了一个考研群，想咨询一些事情。

HH 就适时地出现了，互相加了好友之后，我们聊了几次就像是老朋友一样了。我接触网络也有很多年了，而他几乎是我到现在为止认识的唯一一个陌生人。

有一天晚上，我看不进书，心里憋闷，想找人倾诉一下，又不想让周围的人知道，便厚着脸皮打扰了他。

听完我无病呻吟后，他跟我讲了他的一些事情。

他出生在广西的一个小山村，到最近的城市来回也要四五个小时——先骑十几分钟自行车到山口的公路旁，再坐半个多小时的公交车到镇上，到镇上之后再坐一个小时左右的公交车才能到达市里。

他是家中老大，还有一个弟弟和妹妹，从小家里就很穷，所有的收入都来自家里那十几亩山地和父亲平时打猎、采药材卖的钱。

说到这，他给我发了一个害羞和冷汗的表情，说："记得小时候，有好几次我跟着妈妈到邻居家里去借米。当时感觉不到什么，懂事之后每次想起我妈难堪的表情和邻居趾高气扬的神态，总有种说不出来的辛酸。

"大了一点后上了小学，爸妈识字不多，每天还要下地干活，学习只能靠我自己。那时候也不知道哪来的自觉性，反正就觉得学习是件非常好的事情，所以我基本上把所有的时间都用在了学习上。

"听我妈说，有时候我说梦话还想着学习呢，一度认为我癔症了。以前那些小伙伴见我天天课本不离手，都觉得我是个怪人，也不愿意和我玩了，正好我也落得清静自在。"

小升初的时候，他以全班第一的成绩考到了镇上最好的中学。镇子离他家很远，只能住校。为了省钱，他一个月才回家一次。周六的时候，他爸会将打来的野鸡、野鸭和采来的药材拿到镇上卖，顺便给他带来接下来一周的粮食——几斤米和腌制的小菜。

上了初中，他看到了很多以前没有看过的东西，知道要想改变自己的命运，就要更加刻苦地学习。所以，当别的同学都在玩耍甚至谈恋爱的时候，学习永远都是他唯一的事情。

为了节省家里的开支，从初一下学期开始，他就想办法去做兼职，可那时镇上哪需要什么兼职啊？

在学校门口开小商店的老大爷看他家庭困难又刻苦、上进，就让他每个星期天过来帮忙，一天五块钱。这让他求之不得，要知道，那时候他一天才花六角钱——吃饭五角、打开水一角。

初中时，他依旧没有什么朋友，开始时他有点自卑，他第一次知道原来人与人之间的差距这么大。当然，这种差距更多的是物质条件上的，可即便是智商方面，他也并不比别人强——他稍微松懈一点，学习成绩就会下滑。

有人说，人与人之间智商的差距并不大，也许这句话是对的。可就这点差距所产生的影响有可能大到难以想象，所幸我们有办法弥补这种差距，那就是付出比别人多得多的努力。

从初中到高中，他在这样的环境中生活了六年，最大的收获就是考上了一所二本的医科大学。可是，家里却连学费都凑不齐，最后，他是申请了助学贷款才上了学。

然而，从进入学校的第一天起，他就面临着活下去的难题——那时候他全身上下就剩下两百块钱了。所以当很多同学都还陶醉在刚上大学的兴奋中时，他却迫不及待地做起兼职来。

他的生活并没有太多改变，依旧是除了上课就是兼职，这些年来他也习惯了。

室友窝在宿舍打游戏的时候，他在实验室里做实验，和各种器官接触着；同学忙着谈恋爱的时候，他正在送餐的路上；别人在酒吧、KTV纵情欢乐的时候，他在图书馆看书直至关门；

其他人正在悠然自得地逛商场逛超市的时候，他正在某个天桥摆着地摊……这就是他的全部生活。

五年的努力，终于让他在离开校园的时候还完了所有的贷款。

大学毕业以后，他跑到海南一家医院做了一名外科实习生，工资不高，除了房租及日常开销，所剩无几。

这点让我很想不明白，按理说，他那所学校虽然不出名，但是毕业后在他老家小县城最好的医院找份工作还是没问题的。

医生这份职业，绝对可以让他在那里的生活过得相对优越——工作个几年，贷款买套房子，他也不需要像以前那么辛苦了，还可以把他辛劳一辈子的父母接过来一起住。

他看到我的疑问后，反问我："你以前那份工作不错，你为什么辞职？"

好吧，虽然我们所处的环境不一样，但我们都还没有最终被生活打败，即使经历过很多的困难，还是希望能给自己的人生带来多一点不一样的东西。

他说，他害怕自己陷入那种安逸的生活之后不想再去奋斗，才会跑这么远到这边工作，他需要让自己保持那种生活给予他的疼痛感。

更加令我想不明白的是，一年实习期结束之后，医院打算正式聘用他，待遇比实习时候至少要高一倍，可是他却拒绝了，然后离开那家医院选择了北漂，在一家医疗器械公司做起了销售。

我实在理解不了他在玩什么花样，总之他总有自己的理由。

他有扎实专业的知识，又愿意吃苦，做起医疗器械销售来倒也得心应手。没用几个月，他的业绩就超过了公司的大部分同事，收入也跨入了五位数的行列。

可他还是不知足，干了两年之后，他又一次辞去了这份让我看着都眼红的工作，和一个朋友到一个二线城市开了一家心理诊所——原来他是用这两年的时间拿到了心理咨询师证书。

和他认识的时候，他的心理诊所刚刚成立不久。

听完他的这番话，我不禁又纳闷了，首先我加的那个群是中文专业的考研群，其次他的心理诊所刚刚成立，哪有时间考研啊？

他嘿嘿一笑说，文学一直以来都是他的一个梦想，原以为当老板自己就有自由时间参加考研了，谁知道诊所刚成立，各种琐事太多，根本脱不了身。

前不久，他给我发信息，说他的心理诊所获得了政府20万元的资助，他一边对诊所的前景信心满满，一边仍在全力进行着考研的准备。

人的一生能经历多少事情？又有多少事情能在我们生命的长河里激起波澜？活了二三十年，到头来也许没有一件事情是让我们刻骨铭心的。我们中的大部分人，都没有真正对自己的人生负责过，或者说没有真正全力以赴过。

有时候，我们所谓的努力付出仅仅是比消极积极一点而已。当然，你依旧可以选择这样活着，貌似在这个偌大的城市忙碌奔波，其实与碌碌无为相比，这种状态只是让自己看起来很忙而已。

你想选择什么样的人生，就要付出什么样的努力，这是上天对我们最公平的地方。

当你为自己竭尽全力时，你想要的一切自然会纷至沓来。如果它们还没来，你就要反思一下：你真的用尽全力去努力了吗？